老人初心者の青春

阿川佐和子

中央公論新社

老人初心者の青春　目次

老人初心者の青春

すず子のこと

　ある日、ウチのベランダにスズメがやってきた。二羽が戯れている。それまでベランダの手すりの上にとまっている姿はときどき見かけたが、内側の床に降り立つことはなかったように思う。警戒心が強いと言われるスズメだが、たまには人家の近くまで遊びに来ることがあるんだなとほほえましく見守った。

　するとその翌日、一羽のスズメがベランダのウッドデッキの上をチョンチョンとジャンプしながら往来しているではないか。よほどウチが気に入ったのかしら。にわかに興味が湧いた。観察するうち、どうやらチョンチョンと小さくジャンプしながら移動するそのスズメはまだ若いことに気がついた。身体が細く、普通のスズメよりやや小柄に見える。ガラス戸に近づいても飛び去らない。というか、飛び去る力がまだないらしい。驚きはするものの、相変わらずチョンチョンと板の上を飛び跳ねて、そしてベランダの隅に置いてある植木鉢の後ろに姿を隠す。

　だんだん愛おしくなってきた。

　それにしても、さほど飛ぶ力がない子スズメがいったいどうやってここまで辿り着いたのであろう。最初に見かけた二羽は、もしかして親子だったのかもしれない。とはいえ、親鳥が子供を嘴（くちばし）でくわえてここまで運び込んだとは考えられない。ベランダの前にそびえ立つ桜の木の枝から、母親の後ろにくっついてぴょんとたまたまジャンプしてみたら、このベランダに到達したとも考えられる。

　しかし親鳥らしき姿は初日以降、一度もなかった。子スズメも、もはや巣に留まってピイピイ鳴き声を上げながら親がエサを運んでくるのを待つほどの赤ちゃんではなさそうだ。となると、このベランダで親の到来を期待することなく生き延びるしかなくなったのかもしれない。

　三日目。エサを与えてみようと思い立つ。スズメは何を好物としているのだろうか。

　昔、実家の庭に、ヒヨドリやシジュウカラ、メジロなどの野鳥が頻繁にやってきた。父が面白がり、木の枝に肉の脂をくくりつけてみたり、食べ残したご飯や古くなった米を撒いてみたりして、野鳥の到来を待った。野鳥たちは、力関係の時間差をとりながら、頻繁に脂を突（つつ）いたり地面をうろつきまわったりするようになった。私もためしに米をウッドデッキの上に三十粒ほど盛ってみた。その隣には、水を張った皿を置く。

ずっと観察を続けたいがこちらも用事がある。仕事もある。しばらく目を離し、ふと気づいて見てみると、どうやら米を突いた跡があった。米の山が崩れていたのだ。食欲は旺盛のようだ。まもなく、水を飲むところも目撃できた。

「米は硬いんじゃない？」

「じゃ、ご飯にしてみるか」

「雑穀を好むみたいですよ」

秘書アヤヤ嬢を巻き込んで、家人総出でスズメブームと相成った。

こうしてスズメ観察が日課となった。朝、起きてはベランダに目を凝らし、ご飯の支度をしながらスズメの声に耳を傾け、時折、室内でテレビを観ていると、ベランダに置いてある椅子の縁にとまって興味深そうにこちらを覗いている子スズメの姿を発見する。

「一緒にテレビ、観たいのかなあ」

ますますスズメ愛が深まる。そのうち名前をつけた。水を替えたり米や胚芽米（わざわざ買ってきた）を置いたりするときに、

「すず子ちゃーん。ご飯の時間ですよぉ」

声をかけてみる。当然のことながら、喜んで飛び出してくるほど懐いてはくれない。

人間がベランダに出て行くと、たちまちどこかへ隠れて見えなくなる。隠れているのか、すでに飛び立ってしまったのか。それがわからないからこちらは焦る。

「もう行っちゃったの？　すず子ちゃーん」

諦めて室内に戻ると、

「あ、いたいた！」

植木の陰からチョンチョンと姿を現す。

そんなことを繰り返して一週間が経った頃である。とんと姿が見えなくなった。とうとう飛び立ってしまったか。そういう日が来ることは覚悟していたつもりだが、なんとなく寂しい。私はベランダに出て、小さな声で呼んでみる。

「すず子ー。どこに隠れてるの？」

いつも隠れ家としている植木鉢の裏やウッドデッキに枝を広げるアイビーの陰をそおっと覗き込む。その瞬間、バタバタと羽音がしたと思ったら、

「あ、家の中に入っちゃったよ！」

慌てたすず子が、開けっ放しにしていたガラス戸の隙間から室内に飛び込んだ。

「どこ行った？　どこどこ？」

すず子は本棚の縁にとまってこちらを見返していた。

「外に出してあげるから。大人しくして」

願いも空しく、近づいて捕まえようとするとまた慌てて飛び立ってしまう。とうとうガラス戸に身体を思い切りぶつけて落下した。

「危ないよぉ。脳しんとう起こしちゃうぞ」

私は空の花かごを持ってきて、すず子の身体の上からかぶせ、捕獲に成功。伏せた花かごと床の間に新聞紙を差し込んで蓋をし、急いでベランダへ走り出る。

「ほら、ここのほうが居心地いいでしょ」

蓋を取った花かごにすず子は怯えた様子でうずくまっていた。大丈夫、もう怖いことはしないから。そう語りかけようと思ったとき、すず子は猛烈な勢いで羽を広げると、あっという間に桜の木を目がけて飛び去った。

よかった。やっと飛べるようになったんだ。これで自立できるぞ。安堵した気持と去っていった寂しさが交錯し、力が抜けた。

「すず子ー、元気にしてる?」

今でも私は桜の木に向かい、声をかけてみる。でも返事はない。姿もない。あったとしても、もはやどれがすず子でどれが他のスズメかの区別はつかない。

この気持はもしかして、ペットロスというものか。

メイクはつらいよ

私にしては珍しく、メイクに燃えている。ルンルン。こういう気持はきっと長続きしないとわかっている。でも今しばらくはこの高揚感に浸ってみようかと思う。

なぜそんな心境の変化が生まれたのか。

極めて単純な理由ではあるが、さる人気メイクアップアーティストにインタビューをして、ちょっとしたワンポイントアドバイスを受けたら、よし、試してみよう！　とすっかりその気になった次第である。

世のオジサンのごとき発言をするならば、そもそも私は顔に何かが塗られているだけで鬱陶しくなる。できればずっとスッピンでいたい。しかし仕事柄、そういうわけにもいかない。もとよりスッピンに自信があるわけではない。だから仕事や用事で出かけるときは最低限の礼儀として化粧をせざるをえない。

ありがたいことに、テレビの仕事をするときはプロのメイクさんが私の顔と髪の毛を念入りに仕立て上げてくださる。私は鏡の前に座り、されるがままおとなしくしていれば、ほどなく見違えるほどいい女に変身……というか変顔（ヘンガン）しているというわけだ。

「はい、お待たせしました」と言われて改めて鏡に映る己の顔を見てみると、まあなんて美しいの？　ってほどでもないが、少なくともスッピンのときとは大違い。やっぱりメイクは大事ねと、その瞬間は確かに自覚する。しかし、それを自分で実践するかといえば、なかなかできないのである。

テレビ以外の仕事で出かけるときは当然のことながら、自分でメイクをする。洗面所で鏡に向かうたび、私は鏡の中の自分に文句を垂れる。ウー、どうして女はメイクをしなきゃいけないんだろうね。これさえなけりゃ、楽なのに。鬱々たる気持で化粧水を塗り、下地クリームをつけ、そして嫌いなファンデーションを塗る作業に取りかかる。ことにこの暑い季節は苦痛が倍加する。ファンデーションを塗る横から汗が噴き出すからだ。更年期障害のピークも過ぎたはずなのに、ファンデーションで蓋をするや、たちまち、「暑いよぉ」と肌が暴れ出すかのようである。そのうちファンデーションを塗っているのか汗を拭いているのか区別のつかぬまま、上からおしろいで無理やり押さえ込む。この段階ですでに私は疲れ切っている。しかしこのあと、眉毛を描き、アイシャドウを塗り、アイラインを引いて頬紅をつけなければならないのだ。ああ、うんざり。

テレビ出演の際、つけまつげをつけるようになったのは、つい二、三年前のことである。瞼（まぶた）の上の肉が年々垂れてきて、かつて「ぱっちり目のサワコちゃん」と呼ばれていたはずが、いつのまにかゾウの目と見まがう垂れ目小さ目切ない目。その衰えぶりがあまりにも顕著になったので、「どうすればいい？」とメイクさんに相談したところ、

「つけまつげ、つけてみます？」

こうして私がつけまつげの魔法にハマったことは以前にも書いた。が、ハマってはみたものの、それを自力で応用しようというところまでは至らない。接着剤を塗ったつけまつげを自分のまつげの上に貼りつけるという作業が困難を極め、とうてい私の手に負えない。だから結局、買ったつけまつげは棚で眠ったままの状態だ。

つけまつげどころか、マスカラもできればつけたくない。瞬きをするたびに、あのベトベトがバリバリと上下する感触が好かない。加えて夜、メイク落としをするときに、洗顔だけだとパンダのように目のまわりが真っ黒になり、なかなか落ちないことも面倒

だ。

そう、メイクは鬱陶しい上に面倒なのである。そんなメイク嫌いの私に光明が射した。

「朝、忙しいときにメイクするのって面倒ですよね。できるだけ短時間で簡単に済ませたいでしょ」

人気メイクアップアーティストは気取らぬ笑顔で私の不満に同調してくれた。私はすっかり気をよくし、

「そうなんです。私なんて学生時代は三秒化粧と称して、右目の上にアイシャドウ、左目の上にアイシャドウ、口紅パッパの一、二の三で終わらせていましたよ」

手抜きメイクの過去を吐露するや、

「あ、それ正解。口紅は時間をかけて縁にラインを引いて中を塗り込むなんてことするより、ポンポンポンポンって唇を叩くようにつけるほうが、立体感が出ていいんですよ」

さらに、

「眉もポンポン方式。今は少し太めのまっすぐ眉が主流になっているから、ペンシルで細く描かなくても、筆を使ってポンポンポンポンとアイブロウパウダーを叩き込めば簡単。そのほうが自然です」

ほほお。叩けばいいのね。たしかに私は眉ペンシルを使って描いていたのだが、右と左の眉尻の太さと角度が上手にいかず、これも面倒の種となっていた。

　こうして彼女にあれこれ教えられ、帰宅したのち納得した。つまりメイクは気楽にやれってことね。

　今や街中に出れば、私よりはるかにメイク上手の女性がわんさかおられる。ついこの間もスーパーのレジで会計をしてくれている若い女の子の顔を見て驚愕した。なんときれいな眉。なんと分厚く美しく長いまつげ。なんとなめらかな肌であろう。若いのだから肌がきれいなのは当たり前かもしれないが、どこから見てもナチュラルで整ったメイクの仕上がりぶりではないですか。

「なんでそんなにメイクが上手なの？」

　思わず声をかけそうになったほどである。今さら彼女たちほど美しくはなれないのはわかっているが、せめてメイクを苦と思わない女になってみたい。で、ちなみに私はアイブロウパウダーってものを持っていないので、今、アイシャドウで眉毛をポンポンしているのですが、これぐらいの気楽さでよろしいかしら、イガリシノブさん？

ワクチン星の使者

本日、いよいよ二回目のワクチンを打ってまいります。

ここに至るまで、前期高齢者同世代のグループＬＩＮＥで頻繁に情報交換が行われた。

「大規模会場に行ってきました。二時間、行列に並んで無事に一回目終了」

「おめでとう！　私は明後日」

「ウチは夫婦とも、まだ予約が取れない状況。電話がなかなかつながらない」

「ウチは息子にパソコンで取ってもらった」

実況中継のような証言が次々に重ねられていく。遅れて打つ者にとってささいな情報も見逃せない。ただしかし、副反応に関しては千差万別らしく、高齢者はさほど強く出ないと世間で言われながら、特に二回目接種のあと同世代からもけっこう発熱して苦しんだという話が届くので、打つ前の身としては不安が募ってくる。

知らぬが仏。事前情報を何も持たずに接種するほうが気楽でいいかもしれない。これから接種の段階に達する若い人々に、伝えるべきか、伝えないほうが御身のためか……。と、迷っているふりして、こんな経験は死ぬまでそうそうあるものではないので、やっぱり書いてみることにしましょうね。今回のワクチン接種はインフルエンザの予防接種とは規模も中身も違う。なにしろ世界中が、時間差の程度はあるにしろ、一斉に接種に乗り出したのである。とはいえ開発ホヤホヤのワクチンだ。このワクチンを打てば本当にコロナに感染しなくなるのか。変異株にも効くのか。それこそ副反応で身体の具合が悪くなる恐れはないのか。それらに関する正確な検証結果は、データが揃う数年先を待つしかない。となれば、「きっとワクチンは効くだろう」と信じ、祈るしか手立てはないと思われる。

ややこしいことを考えても埒(らち)が明かないので、とりあえず一回目の接種会場に赴いた。

地下鉄の駅を降りて徒歩一分と会場案内地図にあったので、地上へ向かう階段を上がっていくと、外へ出るまでもなく黄色いポロシャツを着た係員らしき若者が、

「ワクチン接種ですか？　こちらへどうぞ」

親切に誘導してくれる。

「手指を消毒して、検温して。何時の予約ですか？　そちらの椅子に座ってしばらくお待ちください」

　迷っている時間はない。ベルトコンベアに置かれる商品のごとくあっという間にルートに乗せられた。指定の椅子に座ってあたりを見渡すと、どうやら椅子の並びが予約時間ごとに分けられていて、一チーム十席ほどがかたまっている。まもなく我々チームの順番が回ってくると、別の黄色ポロシャツ青年が、

「お待たせいたしました。接種券と予診票と本人確認書類を手元に出しておいてください。では次の部屋へ移動します」

　実に明解。まことに的確。私がうっかり予診票に記入し忘れていた箇所があったことを思い出し、でもボールペンを持っていなかったのでアタフタしていたら、

「あ、どうぞ」

　すかさず黄色ポロシャツ青年がペンを差し出してくださった。なんと気の利くこと。こうして戸惑うことなく痛みを覚える暇もなく無事に接種を終えて、今度は首にタイマーをぶら下げられる。

「十五分経ったらピーピーって鳴りますから、それまで次の部屋でお待ちください」

接種後十五分、容態変化がないことを確認したのち解放される段取りまできたところで、新たな黄色ポロシャツ嬢が静かに近寄ってきて、

「第二回の接種の予約を取ります。○月○日以降で、いつがいいですか？」

なんとさりげなく、誠意ある寄り添い方だろう。今どきの若者にコミュニケーション能力がないなんて嘘じゃないかと思うほどの自然でテキパキとした対応ぶりに驚愕し、ちょいと余計な質問を投げかけた。

「こちらのスタッフの皆さんは、役所の方々なんですか？」

すると目の前のポロシャツ嬢、瞬時に目を逸らし、

「いえ、違います」

それだけ答えると、書類に視線を戻した。それ以上突っ込んでは失礼な気配。でも私はしつこい。

「じゃ、ボランティアの方々なの？」

ポロシャツ嬢、本当に困惑した様子で、「どうかそれ以上、聞かないで」と言わんばかりの切ない表情を浮かべた。まるで「もしや、あなた様は地球人ではないですね？」と問われて視線を逸らすかぐや姫のようだ。たちまち私は想像した。そうか、この黄色

ポロシャツ軍団は、ワクチン星から派遣されてきた黄色い妖精たちなのだ。地球が危機に直面していることを知り、はるか何億光年の彼方から、ワクチン接種を滞りなく進めるために援軍を送り込んできたにちがいない。地球の危機は宇宙の危機。人間たちの横暴ぶりにはほとほと呆れるばかりではあったが、彼らを絶滅させてしまっては、宇宙の生命連鎖が狂ってしまう。

「さあ、行くのだ、黄色軍団よ。人類を救い、そしてこれからの地球の進むべき新たな未来を指し示してきなさい！」

「承知いたしました。ではいざ！」

ピーピーピー。

「十五分経ちましたよ。気分はいかがですか？」

ワクチン星の若者に優しく声をかけられて我に返る。

「あ、なんともないっす」

こうして一回目を無事に接種し、こんなこと書いているうちに、二回目もさきほど済ませてきたんですけれどね。どうも一回目より「なんともなく」はない。舌がかすかにしびれ、接種まもなくから腕の筋肉痛が始まって、こころなしか熱っぽく、やけに喉が渇く。でも、あんなに親切にされたのだから、地球人、我慢します！　少し頭も痛くなってきた。熱を測ったら三六度二分だった。

五輪の記憶

この記事が掲載される頃には旧聞に属するであろうことながら、我がマンション屋上にてブルーインパルスを観賞した。

十二時四十分開始という情報を耳にして、ベランダから見えるかなあと暢気（のんき）に構えていたところ、隣家のご主人よりメールが届く。

「今、家族で屋上に来ています。もうすぐ始まりますよ」

そうかそうか、屋上という手があったかと、慌ててアッパッパを脱ぎ捨てて、少しマシな恰好に着替え、マスクをつけ、鍵をじゃらじゃら鳴らしながらエレベーターに飛び乗った。

炎天下の屋上に出てみれば、同じマンションの住人たちがすでに二十人ほど集まって、まぶしい青空を仰いでいた。

「アガワさん、こっちこっち！」

四歳になるお隣のユリカちゃんが、汗だくだくのクシャクシャ笑顔で手招きしている。後ろにはユリカちゃんのご両親と中学生のお兄ちゃんの姿もある。

最近、私はユリカちゃんと仲良しだ。この四月から通い始めた幼稚園の制服姿も見せてもらったし、我が家にお菓子や果物が届くと、即座にユリカちゃんの顔が浮かぶ。お隣の玄関をピンポンし、まもなくバタバタとユリカちゃんの走ってくる足音がしてドアが開く。私の持っている紙袋を受け取って「ありがとう」と恥ずかしそうに微笑む顔を見るのが何よりの楽しみだ。ときどきお母さんとお喋りをして、私が「ヤバイっすね」なんて言うと、ユリカちゃんが顔をゆがめて、

「それ、女の子が使う言葉じゃないのよ」

お叱りを受ける。歳を取ると子どものエネルギーが何よりの元気の素になるというのは本当だ。彼女は今、私にとって最年少の親友である。さて屋上にて、

「ぎりぎり間に合ったあ」

「どうもー」

なんてご挨拶もそこそこに、

「あ、来た！」

誰かの声に反応して視線を上空へ向けると、はるか彼方に灰色の塊が……、煙？　それともカラス？　といぶかっているうち、灰色の塊があっという間に一糸乱れぬ三角形の編隊となって急接近してきた。機体のお尻から吐き出される白いスモークがときおり虹色に変わり、まるで青い夏空のキャンバスに色鉛筆で線を描くがごとく、まっすぐ清々しく伸びていく。

「すごーい！　鳥みたい～！」

「きれい～。虹みたい～」

ユリカちゃんも他の子どもたちも興奮して歓声を上げる。大人はもっぱらスマホを睨みつけ、その雄姿を記録に残そうと機体を追う。

私も急いでスマホをカメラモードにセットして画面を空に向けるが、周囲が明るすぎるせいか老眼ゆえか、画面の中に六機編隊を認めることができない。あ、どこどこ？と言っているうちに、六機の飛行機は雲のかなたに消えた。

「どっかに行っちゃったよぉ」

「どこに行ったんだろうねえ」

ユリカちゃんと一緒に顔をしかめて必死で空を見上げるが、その姿はない。音もしない。屋上に集まっているマスク顔の住人たちも、ブルーインパルスの姿を求めてあっちへうろうろ、こっちへうろうろ。と思っていると、突然、

「あ、戻ってきた！」

またもや声がして空を見渡すと、雲のうしろから小さな機体の影が現れた。しかし飛び方が違う。三角形の編隊はどこへやら。一機ずつが離れていく。いよいよ五輪を描く準備に入ったか。スマホを構えて待機する。が、円を描き始めたスモークが薄灰色の雲に紛れてよく見えない。え、どれどれ？　逆光で見えないぞ。騒いでいるうちに、またもや撮りそびれたが、この心躍る感覚は、遠い昔を思い起こさせる。

五十七年前。私は小学五年生だった。思えばあの日もマンションの屋上にいた。スマホはなかった。カメラも持っていなかった。しかし記憶にははっきりと残っている。一九六四年十月十日の空は晴れ渡っていた。開会式でＮＨＫのアナウンサーが「世界中の青空をぜんぶ東京に持ってきてしまったような素晴らしい秋日和でございます」とコメントした通り、東京の上空に雲はなく、一面真っ青だった。高層ビルもさほど多くなかったので、今よりずっと空が広く感じられたのではないか。青い空の真ん中に、突然、

五輪マークが描かれた瞬間の驚いたこと。

「なんでこんなことができるの?」

それが私の率直な感想だった。日本人パイロットではなく、外国人の操縦する飛行機がこういう曲芸をしてみせたのだと思った。しかしまもなく両親か、あるいは学校の先生だったかに、「あれは日本人パイロットだよ」と教えられ、改めて感動したことを覚えている。

今思えば、あのとき驚いて感動したのは、子どもよりむしろ大人たちだったに違いない。敗戦後二十年足らず。焼け野原から立ち上がり、がむしゃらに働き続けてきた日本人へのご褒美のようなものだったろう。ここまで日本は立ち直った。豊かになったのだ。ブルーインパルスは日本の復興の象徴そのものとして誰の目にも映ったはずである。

あれから五十七年。私たちはもしかして、豊かさを求めすぎたのか。人類が幸せになることばかりに邁進しすぎたか。異常気象と自然災害とコロナ騒動の続く中、二回目の東京オリンピックは始まった。

トラブル続きの今回のオリンピックがどうかこれ以上、混乱しませんように。ユリカちゃんたち世代が大きくなったとき、このオリンピックを素晴らしい記憶として思い起こすことができますように。

ところで恐る恐る撮ったスマホ動画を見直して気づいたが、ブルーインパルスの六機のうち、色とりどりのスモークを吐いていたのは後ろの五機だけだった。そうだよね、六機ぜんぶが吐いていたら六輪になっちゃうもんね。「当たり前でしょ」ってユリカちゃんにまた叱られそう。

バイキングオリンピック

コロナ感染が爆発的な広がりを見せるなか、オリンピック競技は淡々と続けられた。東京で開催されるとはいえ、生で競技を見られるわけではない。周知の通り、原則、無観客と決定された以上、競技関係者以外の人間が試合会場に足を運ぶわけにはいかない。

もっとも考えてみれば五十七年前の第一回東京オリンピックのときだって、競技を生で見た覚えはない。小学五年生だった私のみならず、ウチの家族や親戚で「競技場に行ってきたよぉ」という話は聞かなかったと記憶する。ただ、私が通っていた新宿区立四谷第六小学校は信濃町の駅から歩いて五分、国電の線路を挟んで神宮の水泳プールと、さらにその先の国立競技場を望める場所に立っていた。おかげで校舎の四階にあった教室の窓を通して、水泳の飛び込み台から選手が飛び込む姿や、競技場で国旗が掲げられるところを認めることができた。

「あ、日の丸が上がった！　なんの競技かわかんないけど、銀、取ったみたい！」

授業中にもかかわらず、誰かが叫ぶ。たちまち教室じゅうで拍手が起きて、先生も巻き込む大騒ぎとなることもしばしばだった。

そういえば生で観戦した競技が一つだけあった。男子マラソンである。その日、生徒は先生に連れられて、千駄ケ谷駅近くの坂の下、道路沿いの歩道に集まった。小さな日の丸の旗を持たされていたかどうかの記憶は曖昧だ。しかし、規制のロープを両手で握りながら、まだかまだかと首を前に伸ばして待っていたとき、カモシカのごとく颯爽と、黒光りする筋肉質の細身の選手が一人、忽然と現れた瞬間のことはよく覚えている。それはまさに一瞬のことで、千駄ケ谷駅の方角から坂を下って道を曲がってふいに現れたと思ったら、あっという間に目の前を走り去っていった。それでも、

「アベベだ！」

すぐにわかった。前回のローマオリンピックで「裸足のアベベ」として名を馳せていたことを、小学生の誰もが知っていた。

「アベベー、ガンバレー！」

叫んだだろうか。たぶん、叫んだと思う。本人に届いていたかどうかはわからない。

でも、小学生の私の脳裏に彼の美しさはきっちりと焼きついた。苦悩のかけらもないような凛とした顔立ち。細い肩から腕にかけて適正に盛り上がった筋肉。引き締まった腰。交互に鋭く前に突き出される長細い足。一瞬とはいえ、すべてが私には美しく見えた。

その後、私にとって「アベベ選手を間近で見た」というのが人生におけるささやかな自慢となった。そのことを、あるときラジオの番組でも語ろうと企(たくら)んだ。打ち合わせの際、

「裸足のアベベを間近に見たんですよ！」

得々としてそう言うと、スタッフが、

「ん？　たしか東京オリンピックのときは、アベベは裸足じゃなく運動靴を履いていたはずですよ」

「え？」

放送開始直前のことである。慌てて私は記憶の明晰そうな小学校時代の同級生や、知り合いのスポーツ関係者に電話で問い合わせた。余談だが、そのときはまだスマホが今ほどの検索能力を持っていなかった。今ならスマホでちょちょいのちょいで調べることができる。なんと簡便な世の中になったことだろう。

それはさておき、電話調査の結果、スタッフの言う通りであった。一九六四年に東京を走ったアベベ選手は裸足ではなかったのだ。私はてっきり「アベベは裸足だった」と思い込み、この話をあちらこちらで吹聴していたのであった。ああ、情けなや。

今回の第二回東京オリンピックの競技をテレビで観戦して気がついたことがある。

正直なところ、開催するまで個人的には「オリンピックは開催しないほうがいい」という意見であった。学校の運動会さえ中止されるこの時期に、オリンピックだけなぜ無理にでも開かなければならないのか。今でもその疑問は残っている。この感染拡大の状況を見るにつけ、今でも開催を中止したほうがよかったのではないかという気持が心をよぎる。しかし、テレビを通して競技を見ていると、つい興奮してしまう。選手がこの日を迎えるまで、どれほど世情に振り回され、コンディションを崩されて、それでも淡々と練習を積まなければならなかったか。想像するだに、同情の念がこみ上げる。

「こんな厳しい状況下で開催してくださったことに感謝する。その恩に報いるためにも勝たなければならなかった」

勝利の弁、敗退の弁を聞くたびに、画面の前にあぐらをかいて観戦している私はタオルで涙をぬぐう。ひとしきり目をこすり、チャンネルを換えると、また別の競技が始まっているではないか。

「仕事、溜まってるんじゃなかったの?」

部屋の向こうから家人の声がする。溜まっているどころではない。翌日の対談のために読まなければならない資料と本は山積みだし、原稿も書かなければならない。しかし目が離せない。ちょっと目を離すとワアッと歓声が上がり、「どうしたどうした」とついテレビの前に戻ってしまう。

「ダメだ。もう見ないぞ」

自分に言い聞かせてテレビのスイッチをオフにする。書斎に戻り、ようやく仕事モードに頭を切り換えていると、まもなく、

「ティロリン」

スマホの音が鳴る。新しいニュースが入った合図だ。

「卓球のミックスダブルス、金メダル」

慌てて私は書斎を飛び出し、またもやテレビをつけるハメになる。

なぜオリンピックは面白いのか。その理由が今回、少しわかった気がする。

感動に浸るまもなく次なる競技が始まって、新たな興奮と興味に心が揺さぶられるか

らだ。まるでバイキングレストラン。食べても食べても違う味わいの料理が待っている。お腹も胸もいっぱいなのに、まだ食欲をそそられる。ああ、どうしよう。仕事が手につかないの。

うーむ

自分にセンスのないことを知ったのは小学四年生だったことをはっきりと覚えている。工作の時間に木製の本棚を作るという課題が与えられた。木の板が数枚用意され、それらを縦横に組み合わせて釘で留める。出来上がった箱型の本棚に、今度は絵の具を塗って色づけする段になったとき、私は迷った。

何色の本棚に仕上げようか。ふとひらめいて、背面を緑、側面をオレンジ色に塗ることにした。塗り始めてまもなく「違う」と気がついた。が、もはや手遅れだ。色を変更することはできない。しかたなくそのまま塗り続け、そして出来上がった本棚が、他の生徒たちの作品と一緒に並べられたとき、不安が確信に変わった。

失敗した……。

私の本棚のまわりには、真っ黒い本棚、青と白のストライプ柄の本棚、素材を活かした茶色い本棚、ピンクと赤に塗られた本棚……。それらの中で、ひときわ「ダサイ！」のが私のオレンジと緑の本棚だった。なぜ私は緑とオレンジに塗ろうと思ったのか。確たる信念があったわけではない。ただなんとなくきれいかなと思っただけだ。でもそれは、きれいでもお洒落でもなかった。少なくとも私にはそう見えた。

色のセンスがないだけではない。私には「選ぶセンス」自体がないと思ったのは、その数年後、中学生になってからである。

家庭科の授業でブラウスを縫うことになった。事前に布地を買ってきなさいと先生に言われ、私は母と一緒に新宿の大きな布地屋さんへ行き、迷った。花柄はみんなが選びそうだし無地は凡庸だ。ストライプは男の子っぽいし……、とそのとき、白地に小さなオレンジ色のテントウムシの絵がプリントされた柄が目に入った。ユニークで可愛い。母も同意してくれた。しかし、学校へ持っていってその布で実際にブラウスを縫い上げてみると、ちっとも可愛くなくなっていた。むしろ気味が悪い。試着するともっと不気味になった。身体中にテントウムシが這っているようだ。友達から揶揄(やゆ)されたわけではないけれど、自分自身がそう思った。また失敗した。

高校へ進学し、あるとき父の仕事についてハワイへ行くことになった。初めてのハワイである。水着を新調しようと思った。もちろんワンピースだ。ビキニやセパレートを着る自信はないし、もとより高校生の分際でそんな大胆な水着を着てはいけないと思った。銀座のデパートの水着売り場をうろうろしていたら、マネキンが着ている黄土色のワンピースが目に留まった。ステキに見えた。その水着を購入し、ハワイに到着し、ワイキキの浜辺にデビューした。砂浜に座った途端に気がついた。

ダサイ……。

周囲の女性のほとんどはビキニ姿である。足の長い人もスリムな人も、お腹の出ている人もおばちゃんもおばあちゃんも、みんなビキニだ。黄土色のワンピースを着た色白の自分がなんと浮いていることか。

こう何度も失敗すると、選ばなければならない場面に遭遇するたび、不安になってさらに迷い、時間をかけすぎて周囲に迷惑がかかると思うと焦って選ぶので、また失敗する。私としては、できるだけ平凡になるまいと思うあまりの選択なのだけれど、平凡を避けようとすると、なぜかユニークではなくブサイクになってしまう。

クリエイティブ・ディレクターの水野学さんの本を読んで愕然とした。

……センスとは、特別な人に備わった才能ではない。

えー、そうなのぉ？　センスって天性のものじゃないのぉ？　と、水野さんの文章を読んで反論したくなったけれど、氏いわく、

「『センスのよさ』とは、数値化できない事象のよし悪しを判断し、最適化する能力」であり、まずは「普通」がなんであるかを見極めて、それをスケールに、さまざまな経験や調査をもとにして論理的に突き詰めていくことなのだそうだ。そうか、安易な感覚だけで「センスを磨こう」と思うことが間違いだったのか。水野さんの『センスは知識からはじまる』を読んで目からウロコが落ちた。

まだ間に合う。私は一筋の光を見出した思いがした。幸い私のまわりにはそれこそセンスに長けたスタイリストやメイクアップアーティストがいてくれる。仕事では日本有数の芸術家やデザイナーをインタビューする機会に恵まれた。先年亡くなられた和田誠さんとも仲良くしていただいたし、水野学さんとも今や友達だ。芸術方面だけでなく科学やスポーツ界で活躍する人々の話もたくさん聞いてきた。もともとセンスに自信がなかった私ではあるが、歳と経験を重ねるにしたがって、それなりに「数値化できない事象のよし悪しを判断する」力が磨かれてきたのではないか。

先日、ゴルフに行った。ゴルフ場に着くと、ゴルフウェア一式を自宅に置き忘れてき

たことに気がついた。センスの問題ではない。記憶力の問題だ。それはさておき、慌ててゴルフ場近くのショップに駆け込んだ。仲間を待たせている。急いで決めなければ。何でもいい。いや、普通がいい。お洒落を望んでいる暇はない。そう思い、グレーのスポーツシャツと紺のパンツ、紺と青と水色と白の四色のベルトを買って、ゴルフ場へ舞い戻る。

「買い揃えてきました」

「うーむ」

周囲の反応が芳しくない。選択肢が少なかったからしかたがない。ベルトのサイズの合うのがこれしかなかったんだもん。言い訳は山ほどある。しかし、それでも気持が落ち込んだ。たちまち緑オレンジの本棚、テントウムシブラウス、そして黄土色水着が脳裏に蘇った。

センスはそう簡単に磨かれない。しかし、私には積年の経験によって一つだけ磨かれた能力がある。それは、あ、今、センスが悪いと思われたなと即座に察知するセンスである。

親子爪切り

　ゴルフをやっているときに、どうも靴が足の先に当たって痛いと思ったら、爪が伸びていたことに気がついた。そういえばしばらく足の爪を切っていない。家に戻り、シャワーを浴びたあと、爪切り片手に床に座り込む。やれやれ、爪を切ろうと前屈するだけで腰が痛くて曲がらない。

「もうばあさんじゃのう」

　自分に語りかけながら、一本一本の足の指をためつすがめつ、親指から慎重に切っていく。肉を挟んだら痛いぞー。オットット。

　中指まではまだしも、薬指（足で薬を塗ることはないから、正確には第四趾と呼ぶのだろうが）と小指がずいぶん前から巻き始めているのが気になる。母の遺伝かしらん。

　母は晩年、足の巻き爪をひどく痛がっていた。歩いたり、何かの拍子に当たったりするたび、「痛い！」と悲鳴を上げるので、私が「切ってあげる」と言って爪切りを手に近づくと、さらに悲鳴を上げる。

「痛い、痛いからやめてー」

しかたがないので定期検診で病院の心療内科を訪れた際、お医者様に相談したところ、

「巻き爪はねえ。痛いよねえ」

同情してくださるのはいいけれど、確たる処置の方法はなさそうな気配。老化現象の一つと思うしかないのだろう。看護師さんが母の爪を丁寧に観察し、指の間に脱脂綿を挟んだりテープを巻いたりして応急処置を施してくださった。が、家に帰ればまもなく外してしまう。巻き爪専門の病院にでも行けばいいのかもしれないが、そこへ母を連れて行くのも難儀である。結局また、爪切りを持って母に近づき、嫌がる母をだましだまし、激しく巻いている端っこの部分を少しずつ切除するよう心がけるしかなかった。

しかし、母の爪を切るたびに思ったものだ。痛いのは気の毒だが、こうしてしばらくするとちゃんと伸びてくる。たいしたものだ。爪だけではない。明るいところで顔をまじまじと見てみると、口の上にすぐ髭が生えてくる。鼻毛もしっかり伸びている。私は爪切りを鼻毛切りに持ち替えて、母の顎をつかむ。

「なにするつもり？　怖い」

「動かないでよ。髭が目立つから切るの！　おー、鼻毛も伸びてるぞ」

「いやだいやだ、助けてくれー」

「大丈夫だって。ほら、きれいになったでしょ」

認知症の母を相手にこの手の攻防を何度繰り返したことだろう。ぴょこんと飛び出した鼻毛や白髪交じりの髭を切り落としながら、私はいつも安堵した。なんたる生命力。どんなに歳を取ろうとも、身体はありとあらゆる細胞を駆使して新陳代謝を繰り返しているのだ。ひたすら淡々と、文句も言わず機嫌も損ねず、たとえその機能のスピードや勢いが衰えようとも、途中で「伸びるの、やーめた！」とギブアップすることはない。

母の身体はコツコツと生きている。鼻毛や爪を切るたびにそれを再認識し、細胞たちに感謝したものだ。

母より五年前に他界した父も、思えばよく爪切りを握っていた。考え事をしたり、来客を待ったり、ちょっとした時間を潰すとき、爪を切るという動作が好都合だったらしい。

あるとき、私が父と約束した時間に遅れて帰宅したことがあった。前もって遅れることは電話で母を介して知らせたつもりだが、それでも「待たせられた」という不快感が父の中でじわじわとわき上がってきたようだ。

「遅くなりました」

玄関を上がって居間に顔を出したとき、父は不機嫌そうな顔で指の爪を切っていた。

「いったいどういうつもりだ！」

父は爪に視線を向けたまま、私を怒鳴りつけた。

「でも、遅れるってさっき母さんに電話しておいたけど」

こういう口答えを父はことのほか嫌う。たちまち不愉快マグマが沸騰点に達した。そして、「なんだ、その生意気な口の利き方は！」と言うが早いか、持っていた爪切りを私めがけて投げつけた。小さなステンレス製の爪切りがビュンという音とともに空を切ってこちらへ向かってくる。嘘でしょ。

「おっとー」

すかさず私は身をかわし、危ういところで爪切りが顔面に当たるのを避けることができた。こういうとき、運動神経に長けた母に似たことをありがたく思う。

それ以来、父が爪を切っている最中は機嫌を損ねぬよう注意した。怒らせると、またいつ飛んでくるかわからない。子供はこうして一つずつ学習しながら生き延びていくのである。

父が爪を切るのを好んでいたせいか、家のあちこちに爪切りが置かれていた。父の書斎に一つ、居間の棚の小さな革製の文具入れに一つ。洗面所の抽斗（ひきだし）に一つ。母の化粧台の前に一つ。電話の横の小箱に一つ。

「おい、爪切りがないぞ」

定位置に爪切りが見当たらなくなると、父の声が響く。すかさず誰かがサッと差し出すことができるほど、我が家にはいくつも常備されていた。

それら歴代の爪切り軍団の中で、おそらく数十年前からウチにあったと思われるハサミ型の爪切りを私は好んで使っていた。錆びていたが、切れがよかった。その気に入りの爪切りを若い頃、スキー場に持って行って失くしてしまった。今でも思い出すと悔やまれる。あの爪切りは、よく切れた。

友達のお父さんが縁側に新聞紙を広げて爪を切り始めたそうだ。パチンパチンという音がして、ちょっと音が変だと思いつつ、ああ、爪を切っているんだなと家族が納得していたところ、まもなく縁側から声がした。

「おい、この爪切りはちっとも切れないぞ」

「え、そうですか？」

お母さんが見に行くと、父上の手にあったのは爪切りではなく、ホチキスだったという。好きな話だ。

三つの目標

男は人生の最後に三つの目標を持つことが望ましい。七十五歳の紳士がゴルフをしながらおっしゃった。

氏いわく、一つ目はエージシュートを成し遂げること。二つ目は娘と同世代のガールフレンドを持つこと。そして三つ目が、おしゃれであること。

ゴルフをしない方に少々ご説明いたしますと、エージシュートとは、自分の年齢と同じ、もしくはそれ以下のスコアで18ホールをまわり切ることである。これは容易に実現できるものではない。決められた打数（パーという）で全ホールをまわれば72打となるが、プロのトーナメントで上位に食い込む選手は72打より少ない打数、すなわち60台や、ときに50台のスコアを記録することもある。

現在、私は六十七歳。素人の私がプロ並みのスコアを出せるわけがない。ゴルフ歴十五年になる私でも100を切ることがときどきあるぐらいだ。つまり、今の実力を維持できたとして百歳になればなんとかエージシュートを取れるかもしれない。しかし年齢とともに体力は確実に衰えていく。だからエージシュート達成は不可能だ。でも、希望を捨てないことは大事である。これから切磋琢磨して今よりもう少し上手になり、体力気力記憶力を保ち、せめて九十歳になるまでにスコア90以内であがることができたら……。ま、たぶん無理でしょうけれどね。でももしかしたら達成できるかもしれないでしょ。

さて、男のもう一つの目標は、娘と同世代のガールフレンドを持つことだという。これは女性の場合も当てはまるであろうか。歳を重ねてヨロヨロ亭主がいるにしろいないにしろ、自分の息子（私に息子はいないが）ほどの年齢の若いボーイフレンドが、はたしてできるものだろうか。このロリコン王国において、老齢の女性をお世辞抜きに魅力的と思ってくれる若い男性に出会うなど、サハラ砂漠で針を一本見つけ出すほどに困難なことだろう。もちろん互いの利害関係が一致すれば成立する可能性はある。私がものすごい資産家になったとしたら、近づいてくる男がいるかもしれない。お金目当てとわかっても、ここまで大事にしてくれるなら、まあ、いっか。と、そういう心境になるかどうか。いずれ空しくなるにちがいない。そして早晩、その若い男はもっとお肌ピチピチの若い女性に心を移すのだ。そういう恐怖心と猜疑心にかられて残る短い人生を過ごすのはまっぴらご免。サガンの小説じゃあるまいし。やっぱりやめておこう。

しかし、やきもちを焼くほどの深い仲にならずとも、ときどき食事につき合ってくれたり、コンサートへ一緒に行ったり、あるいは「パソコンが動かなくなった！」とか「天井の電球が切れた！」とか、SOSを求めた際に、嫌な顔一つしないで飛んできてくれるような気の置けない若者フレンドを作っておくことは理想である。

その日のためにも三つ目の目標が大事になってくるだろう。

おしゃれであること。

そう言われてギクリとした。おっしゃる通り。たしかにおしゃれに対して極めて鈍感になっている。もちろん仕事柄、他人様と会うときやカメラの前に立つときは、それなりに身なりに気をつけているつもりだが、このコロナ禍においては、そういう気持がどんどん希薄になりつつある。

大いなる要因はマスクにある。マスクをつけることで、お化粧の手抜きをするようになった。口紅をつけることがなくなった。ついでにファンデーションも塗りたくない。

マスクにつくのを嫌うからである。テレビに出演するときはプロのメイクアップ係の方に助けてもらうので、しっかり塗り込んで、ついでにツケマツゲまでつけるけれど、普段は下地のクリームだけで出かけることが多い。一度手を抜くと癖になる。楽を知る。別に誰に見られるわけでもなしと開き直る。

服装もしかり。コロナとは関係なく、腰が痛いので高いヒールの靴を下駄箱の奥にしまい込んで十数年。ペタンコ靴かスニーカーしか履かない。腰回りに浮き袋肉が付着して、ウエストのきついスカートを敬遠するようになって数十年。ついでに外食の機会が激減した。よそいきの服を着なくなる。癖になる。楽を知る。浮き袋肉はさらに増幅されていく。

「たしかに歳をとってもおしゃれな人はいいね。しょぼくれた老人はみっともないからね」

くだんの三つの目標の話を別のゴルフ仲間紳士に伝えたら、即座にそう返された。氏いわく、体形も腰痛もシミシワ白髪も関係ない。要は「おしゃれでいなければ」という気持が大事なのだと。またもやギクリである。

そういえば、先年百十二歳で亡くなった伯母の光子は、九十歳を過ぎても私からの土産に「シワ取りクリーム」を所望した。私がグレーや黒色の服を着ていくと、「まあ、佐和子ちゃん、そんな地味くさいかっこうしてどうするの。もっと派手な色を着なさい」と眉をひそめた。その伯母が認知症になって施設に入ったのちも、車椅子で食堂へ出かけるときは口紅を塗ってからでないと部屋を出ないと言い張ったそうである。

「光子さんは最期まで女であることを忘れなかったですねえ」

伯母が亡くなったあと、施設の方にしみじみとそう言われたとき、私はすっぴんだった。

我が秘書アヤヤが教えてくれた。

「私が行くネイルサロンに九十過ぎのおばあちゃんが通ってこられるんですよ。月に一度、手と足のネイルを塗ってもらわないと落ち着かないんですって」

世の中には、なりふりをおおいに構う高齢者がけっこうたくさんおいでの様子だ。偉いなあ。真似はできない。でも、こんなふうにたまに高齢者紳士に鋭い言葉を投げかけられてギクリとするところを見るに、まだ私にも乙女心のかけらが残っていたかとかすかに安堵する。

動かぬ時計

「あなたが生まれるずっと昔、ここにはもっといろいろなものがあふれていたのよ。透き通ったものや、いい匂いのするものや、ひらひらしたものや、つやつやしたもの……。とにかく、あなたが思いもつかないような、素敵なものたちよ」

これは小川洋子作『密やかな結晶』の冒頭に出てくる一文である。母親が娘に語りかけるかたちで描写されたほんの数行の言葉に、私の頭はたちまちかき混ぜられた。

昔はもっといろいろなものがあふれていた……。それらはたいした痛みも悲しみもともなわないうちに、いつしかすっかり消え去って、よほどのことがないかぎり記憶の抽斗から出てこない。透き通ったものや、ひらひらしたものや、つやつやしたもの。何気なく心を動かされ、ワクワクさせられたものは、私にとって、いったいなんだっただろうか。

ビーズ、ビー玉、シャボン玉。リボンや包装紙がいまだに捨てられず、つい溜め込んでしまう癖は、子供の頃にそれらを見るたびドキドキした感覚が残っているせいではないか。

私が赤ん坊の頃に両親がしばらくアメリカへ行っていた関係で、家にはアメリカの小さな絵本が何冊かあった。英語で書かれていたので物語の内容は絵から想像するしか手立てはなかったが、ストーリーもさることながら、ページをめくるごとに立ちのぼる本の匂いを胸いっぱいに吸い込むのが好きだった。それはインクの匂いなのか紙の匂いなのか、わからない。でも明らかにそれまで経験したことのない異国の甘い匂いだった。その匂いを嗅いで目をつぶると、おとぎの国へ行けそうな気がしたものである。

ワクワクさせられるものは台所にもたくさんあった。ゆで卵切り器。固ゆで卵をくぼみにセットして、八本ほどの細いワイヤーが張られた取っ手を上からガシャンと落とすと、あっという間にきれいな輪切りゆで卵の出来上がり。初めてその道具を見たときは、魔法かと思った。その道具が我が家に現れる以前、ゆで卵は糸を使うときれいに切れると教えられ、練習した覚えがある。口に糸の端をくわえ、もう片方の端を指でつまんでピンと張り、ゆで卵の肌に当てる。そのままゆっくり糸を手前に引くうち、あらあら、きれいに切れること！　糸で卵を切るなどということを、もう半世紀以上やっていない。

あとはかつお節削り器や手動の泡立て器。ステンレス製の粉ふるい器は、母がアメリカから持ち帰ったもので、当時としては斬新な台所用品の一つだった。直径十五センチほどの筒状をしていて、内側には網、外側には持ち手とハンドルがついている。持ち手を握ってハンドルをガシャ、ガシャッと回すと内側にある羽が網と接触しながら回転し、粉を混ぜつつ網の下に小麦粉を落としていくしくみだ。筒の下から落ちてくる細やかな白い小麦粉を見るたびに、白雪姫の冒頭シーンを思い出した。きっとこんな粉雪の舞う晩に、「今度、生まれてくる娘には白雪姫と名づけよう」と王妃様が決めたのだろうと想像したのである。

思えば昔の動力は、手で回すことが多かった。鉛筆削りにも学校の窓にも、洗濯機にもハンドルがついていた。

洗い終わった洗濯物をビシャビシャ状態のまま取り出して、洗濯機横についている上下二つのゴム製ローラーの間に差し込む。指を挟まないよう気をつけながら外側のハンドルを回すと水が徐々に落とされて、パイ皮のごとくぺちゃんこになった洗濯物がローラーの間から現れる。これが子供には面白くてたまらない。「やるやる！」と申し出るものの、実はかなり体力とコツのいる仕事であった。洗濯物を薄く薄く差し込んでいかなければハンドルがすぐ動かなくなってしまう。その要領を得るまでが難しい。さらに脱水を終えた洗濯物はどれもこれもが重なり合っていて、それを一枚ずつはがすのもひと苦労だった。ボタン一つ押せば洗浄から脱水まで勝手にやってくれる時代よりはるか昔の話である。

当然のことながら、電話のダイヤルも回す時代が長く続いた。フィンガー5の歌は、もはや今の子供たちには理解不能だろう。ダイヤルの数字の並び順で0がいちばん遠くにある理由を知ったのは、二十代の終わり頃である。夜中、家に泥棒が入った。二階のベッドに寝ていた私が気づき、寝たふりをしてしのいだが、泥棒が家を出ていった頃を見計らい、110番に電話をしようとベッドから這い出した。震える指で1を回し、もう一度1を回し、続いて0を回したら、その0が戻ってくるまでなんと時間のかかることだろう。やっと電話が通じて受話器の向こうから、

「はい、警察です。どうしましたか」

その声を耳にするまで死にそうに怖かったのを覚えている。しかしそののち警察の人に教えられた。

「1を二回、回すときは興奮しているだろうけれど、0を回して戻ってくるまでの時間に少し落ち着きを取り戻すために、110番になっているんですよ」

両親が亡くなったあと、実家の壁にかかっていた掛け時計を引き取った。正方形をした木製の時計で、長短の針と、ローマ数字表記の文字盤は金（本物ではない）でデザインされている。私が子供の頃、父が師と仰いでいた志賀直哉先生のお宅にあったのを見て、我が家にも同じ時計をかけようと銀座の和光で買い求めたものだったと記憶する。盛り上がった盤の真ん中あたりに穴があり、そこへ巻き鍵を突っ込んで、定期的にぜんまいを巻かなければ止まってしまう。

「おい、また時計が止まってるぞ」

少しイライラした口調でそう言って、棚に置いてある巻き鍵を持ち、その時計のぜんまいを巻く父の後ろ姿が思い出される。

我が家に持ち帰り、ぜんまいを巻いてみた。かすかに動く気配を示しても、すぐにまた止まってしまう。もう寿命かしら。ダメ元と思いつつ銀座の和光に持っていったところ、案の定、修理は不可能と言われた。動かないとわかっても捨てるのは惜しまれる。今、その時計はウチの玄関で眠っている。そばに子分の巻き鍵を付き添わせて。

女心と秋の髪型

髪の毛を切った。自分で切った。今回こそ美容院へ行ってプロの技に委ねるつもりだったが、衝動的にハサミをつかんでバッサリといってしまった。

バッサリといってもほんの十センチほどのことであり、切り落とした髪の毛を商人に売って夫のクリスマスプレゼントの資金に回せるような長さではない。「賢者の贈り物」にはほど遠い。とはいえ、これほどの長さを一気に切るのはほぼ三十年ぶりだったので、私にとってはちょっとした大事であった。

長年、ショートヘアで通してきた。ショートの範疇においてときどきパーマをかけたり短めにしたりと、ささやかな変化はつけていたものの、ショートカットに変わりはなかった。その間、前髪や襟足や耳の後ろあたりに伸びてくる余分な髪の毛を自らハサミを使って微調整していたのである。

美容院が嫌いなわけではない。ただ、美容院へ行ってカット、白髪染め、パーマなどの工程をすべてクリアしようと思うとどうしても三時間近くを要することになる。仕事と親の介護が重なった時期に、それだけの時間を捻出しにくくなり、さて困ったと思って鏡の前に立ち、なんとなく自分で切ってごまかすうち、それがしだいに習慣となった。もはや習慣を通り越し、趣味と化した。

セルフカットについては以前にも書いたので詳細は省くが、そんな具合に自分でカットしていたにもかかわらず、ふと、伸ばしてみようかという気になった。切る頻度を落とし、毛先を揃える程度にするうち、だんだんボブスタイルに近づいた。そんな頃、演じる仕事が舞い込んで、

「髪の毛は長めのほうが望ましい」

監督にそう言われ、これも一つのチャンスと思い、そのままさらに伸ばすうち、肩に届くほどの長さになったのだ。

しかし周囲の評判が心なしか芳しくない。「伸ばしてるんですか?」とか「ずいぶん伸びましたね」とか、遠慮がちに声をかけられることはあっても、誰一人、「その髪型、お似合いですよ」とは言ってくれない。さりとて、「短いほうが似合うのに」というは

っきりとした反対意見も届かない。誰もが私の髪型の話題には触れないようにしている空気を感じ取った。

やっぱり似合ってないのかしら……。そう思って鬱々としてみたり、はたまた開き直って、この際、徹底的にロングにし、いずれムーミン谷のミイのように頭のてっぺんにお団子を作ってやると野望を抱いたりしながら、数ヶ月の長髪ライフをおろおろと楽しんだ。

そのうち演技の仕事が終了した。てっぺんお団子頭への夢は捨て去って、やっぱり切ろうかと思い立つ。思い立ったが吉日だ。こうして自分で切った次第である。

さて、今度はさすがに反応があるだろう。私は秘かに期待しつつ、仕事場へ赴いた。まず、馴染みの編集者氏に会う。目が合う。が、仕事の段取りについて話す以外、何の言葉もない。「切ったんだけど」とこちらから申し出るのも憚られ、黙っているうち、「じゃまた」と別れる時間になる。

翌日、テレビ局へ向かう。楽屋のドアを開けるなり、メイクアップ係のM子ちゃんとスタイリストのH子ちゃんが目を見開いて、

「あ、切りましたねえ」

すぐに声をかけてくれた。

「そうなの。どっちがいい？」

ストレートに問いかけると、二人とも、

「うーん。長いのもよかったけど、やっぱりアガワさんはショートが似合うかな」

気を遣いつつ率直な意見が返ってきた。そこへ番組のプロデューサー氏が現れる。

「お疲れ様でーす」

私の顔を見て、即座に仕事の話へ移った。髪の毛についてのコメントはない。廊下へ出て男性スタッフ数人とも挨拶を交わす。「おはようございまーす」以外、コメントなし。


母は父と結婚して以来、ずっと長い髪を後ろで束ねて襟足のあたりで丸めていた。普段も着物を着ていたので、その引っ詰め髪が母にはいちばん似合っていると幼い頃から信じ込んでいた。そんな母が四十代の頃だったか、美容院へ行って突然、ショートヘアになって帰ってきた。パーマもかかっている。ゆるやかなウェーブのついた髪型の母を見るのは初めてだった。当然、家族は驚いた。

「思い切ったね」

「でも、似合ってるよ」

私や弟たちは口々に感想を言い、母の変身ぶりを好意的に受け止めた。何の反応も示さなかったのは父である。あまり快く思っていないのではないか。母は遠慮して、あえて髪型のことには触れずにいた。

それから一ヶ月後のある日、父が母を見て、言った。

「なんかお前、変わった？」

その後、母は何度となく、その話を蒸し返したものである。

「なにしろね、私が髪を切っても、主人は一ヶ月間、気づかないんですから」

男は女の髪型に鈍感である。両親のその事件から学んだ教訓であった。そして今回、まさに実証されたと確信した。女性からの反応はあっても、男性諸氏からは何の言葉もかけてもらえない。切って数日後、とうとう私は仕事仲間の若者にぶつけた。

「こんなに髪を短くしても、男ってぜんぜん気づかないもんだね」

すると若者男性がムキになって言い返した。

「とっくに気づいていてますよ！　でも、女性の髪型についてなんか言うと、すぐセクハラだって。だから何も言えませんよ」

そうか。男たちは男たちで気苦労を重ねていたのか。セクハラ発言問題は難しい。余計な一言によって他人を傷つけることは確かである。しかし、そのことを恐れるあまり、誰もが目をそらし、無口になる。見て気がついて、会話のきっかけにすることもできなくなる。ちょっと寂しい。髪の毛を切って、「お、失恋したか?」と言われても喜ぶ年頃になった私としては、なんか言ってよね!

日曜日の神様

今年の十月から新しくラジオの仕事が始まった。日曜日の午前中、二時間の生放送である。

「神様は、一つの扉を閉めると、必ずどこかもう一つの窓を開けてくださる」

これはミュージカル映画『サウンド・オブ・ミュージック』に出てくるマリアの台詞である。私はこの言葉を中学生のときに知った。その時点で自分がどれほど納得したか、はっきりとした記憶はないけれど、大人になって仕事を始めると、頻繁に思い出すようになった。一つの仕事をクビになるたび、心の支えとして思い起こした。そして今回、テレビのトーク番組のレギュラー仕事が終わってちょっと寂しく思っていたら、まもなくラジオの話が舞い込んだ。「新たな窓を神様が開けてくださったのだ」と合点した。

とはいえ、私にとって神様は、キリスト様と決めているわけではない。ならば仏教信者かと問われると、そうでもない。まことに不信心なことで恐縮ながら、困ったとき、弱っているとき、助けてほしいとき、「ああ、神様ー！」とつい口から出てくるほどのアバウトな存在であり、それはもしかしてご先祖様か、あるいは八百万（やおよろず）の神様かもしれない。「神様！」を「お母ちゃーん！」に置き換えることもある。つまり、なにがあっても味方になって、どうにか困難を乗り越えるよう導いてくれて、しかし悪さをしたらなぜか決して見逃さず、じっと目を光らせていそうな存在。だからこそ怖くもあり、いくつになっても頭が上がらない。実在するかしないかは別として私の気持のなかにそんな神様が常にいる。

新たな窓が開いたおかげで毎週日曜日の朝、私は寝坊をしている場合ではなくなった。格別、寝坊したいと望んでいるわけではないのだが、なぜか日曜日の朝は、静かである。世の中が騒々しくない。だからどうしても惰眠をむさぼりがちになる。それでもだいたい八時頃にベッドを這い出して、歯を磨いたり顔を洗ったり、拡大鏡を覗いて肌の調子やむだ毛方面のチェックをしたり。台所へ移ってコーヒーを淹れ、テレビをつけてしばらくニュースに気を取られ、バルコニーへ出て植物に水をやり、ああ、今日もいい天気だなあとのんびり構えているとき、突然、思い出すのだ。

「あ、ラジオの仕事に出かけるんだった！」

時間的には余裕を持って目覚めたつもりが、なぜか急に慌て出し、遅刻寸前にラジオ局に駆け込むのである。

しかしそれでも以前に比べれば私の日曜日はのどかになった。

数年前まで日曜日は親の介護日と決めていた。平日に母の世話をしてくれている婦人にお休みを取っていただくかわり、きょうだいがシフトを組んで実家に泊まり込む。あるいは自分の家に引き取る。だから毎週のことではない。日曜日以外に母を定期的に病院へ連れて行ったり、不測の用事で実家を訪れたりする日もあった。それでも日曜日はなにかしら「親の世話をしなければいけない」と朝から覚悟を決める曜日であった。

書きかけの原稿や雑用のあれこれに目処をつけ、食料品の買い物をしてから実家へ車を走らせる。母をピックアップして、父が入院している高齢者病院へ見舞いに行かなければならない。父が入院している病院はまことに大らかで、病室への料理の持ち込みはもとより、院内での飲酒も可能だった。だからこそ、わがままな父が病院での生活を受け入れてくれたのである。ただ、父のため、頻繁にお酒の補充や料理の持ち込みをしなければならなかった。父が贔屓（ひいき）にしていた中華料理屋さんや鰻屋さんからテイクアウトしたり、病室内に電磁調理器と鍋を持ち込んですき焼きをしたりしたこともしばしばである。おかげで娘の私は、父の日曜日の晩餐のためにテイクアウトの料理を店に取りに行ったり、すき焼き用の肉や豆腐を用意したり、はたまた「ビールが切れた！」と言われれば、極小缶のビールを買いに走ったりするはめとなった。

大量の食料品を両手に抱え、よろけそうな認知症の母を気遣いつつ、ようよう父の病室に辿り着くや、

「遅い！　もうお前たちが来ないのかと思って病院食を食べ始めたぞ！」

一喝され、情けなくなったことが何度あっただろう。父は老いてなお、娘を叱りつけるエネルギーだけは旺盛であった。「ビールは冷蔵庫に入れてくれ」「この書類を看護師さんに持って行きなさい」「（すき焼きの）玉ねぎが硬い」「次回から肉は高いのを買ってきてくれ」と次々に文句や用事を言いつつ、私が病室内を小走りすると、「落ち着かないから走らないでくれ」とまた叱られる。そんな怒濤の病室内すき焼きパーティを済ませ、片付けをして再び母の手を引きながら病院をあとにするたび、どっと疲れが噴出した。見渡せば、歩道には親子連れの楽しげな姿がある。病院近くの遊園地では、ジェットコースターに乗る若者たちの歓声が響いている。

「では、楽しい日曜日の夜をお過ごしください」

車のラジオからはお決まりの台詞が流れてきた。どこが楽しいものか。心の中で悪態をつきながら、車のハンドルを握り、暗い気持で母の家に戻るのであった。

家に着き、私は母に愚痴をこぼす。

「母さん、私は疲れたよぉ」

「え？」

耳の遠い母は、一回ではこちらの言うことを聞き取ってくれない。私は声のボリュームを少し上げて再び訴える。

「もう、あんなわがままなお父ちゃんは嫌だ！　嫌だ、嫌だ、嫌だ！」

ソファに転がり込んで、駄々をこねる幼子のように喚き散らしたら、母がひょこひょこと寄ってきて、目を丸くして言った。

「どうでもいいけど、アンタ、お父ちゃんにそっくりね」

母に呆れられ、笑い転げた日曜日の夜は、もう戻ってこない。

カチン虫のなだめ方

全国交通安全運動に倣って、「全面愛想良好運動」を個人的に設定することとした。

自分で言うのもナンですが、もともと愛想が悪いほうではないと自負している。「アガワさんはいつも笑っていますねえ」とか「悩みなんてなさそうな感じですね」とか他人様(ひとさま)に言われるし、常日頃より座右の銘は、聖書の言葉「いつも喜んでいなさい」です、と公言してまわっている。だから少なくとも表向きの態度としては、ニコニコ明るく振る舞うよう心がけているつもりであり、ことにカメラのレンズがこちらを向くと、条件反射的に「ニカッ」とする癖がついている。

しかし、人間だもの。四六時中、機嫌がいいわけではない。というよりむしろ、身体の奥底に、「すぐカッとなるトゲ」をたんまり潜ませている。

そもそも父の遺伝子のせいである。父は生来の癇癪(かんしゃく)持ちであり、あまりにも唐突に怒り出すので、いつの頃からか、仲間内で「瞬間湯沸かし器」と呼ばれるようになった。目の前に自分の意にそわない出来事が起こるや、たちまち怒りが爆発し、その場に居合わせた者はいったい何が起きたのか、なぜ父が急に機嫌を悪くしたのか、理由がわからない。そればかりでない。まだ起こってもいない事態を予測するだけで、本気で怒り出せるという特殊な才能の持ち主でもあった。

たとえばはるか昔に、

「お前も年頃になったら結婚するだろう。結婚披露宴を催して、お色直しなんぞを何度もして、どうせ友達のスピーチはだらだら長いに決まっている。飯は不味(まず)いに違いない。ああいうくだらない会が俺は大嫌いだ。想像しただけで不愉快になる」

と、まだ私が結婚するかどうかもわからないうら若き少女のうちからその場面を予想して怒り出していた。

父のような人間にはなるまい。もっと心の広い、おおらかな大人になろう。幼い頃から心に決めていた。でも、なぜかそうはならなかった。ふとした拍子に父の遺伝子が顔を覗かせる。出てくるなといくら諌(いさ)めても、高ぶる感情の波が理性を押し倒してしまう。

ことに歳を重ねるにつれ、世間に対して謙虚さを失いがちになる。ささいな不満を態度に表すようになる。小言を言うことが世のため人のためになると思い込む。

娘時代はまわりに「感じのいいお嬢さん」と思われたいがため、あるいは社会の人が皆、歳上に見えたせいで、ことのほかおとなしくしていたが、もはや駅員さんもレストランのスタッフもコンビニの店員さんも、誰もが自分より歳下のことが圧倒的に増えた。そう思うとつい、謙虚さが緩む。威張るつもりはさらさらないが、どこか心の片隅に、「歳上だぞ」という意識が働くのかもしれない。いかん。

そう思い直すきっかけが特別にあったわけではない。けれど、ふと思い出したのだ。いかんいかん、謙虚にならねばと。

だから最近、私はどんなに若者たちが大声で騒ぎながらホテルの廊下を我が物顔に歩いていても、眉間に皺を寄せたりしない。しばらく睨みつけ、いや、見つめ、そして自らの唇に人差し指を当て、遠慮がちに「シーッ」と囁いてみせる。気がついた若者の一人が私にペコリと頭を下げたら、「いい加減にしろ！」と心の中で憤慨しつつ、ニッコリ笑い返してその場を去る。

運転中、車の前や横を猛スピードですり抜けていく自転車に対し、「危ないでしょうが！」とどやしつけたい気持を抑え、「よほど急いでいらっしゃるのねえ。事故を起こさなければいいけれど」と親心で心配のまなざしを向ける……ようにしている。

ゴルフをしているとき、隣のホールからボールを打ち込んできた輩が、担当のキャディさんに謝らせるばかりで、打ち込んだ当人は「ごめんなさい」という気配も見せない。そんな場合だって私はキッと睨み返したりはせず、大らかに、「♫ごめんなさーい、ごめんなさい」と勝手に節をつけ、大声で歌ってみせるだけ。決してその人に向かって「そこはあなたが謝るべきですよ！」なんてきつい声で叱りつけたりはしない……ことにしている。

こうして自らのカチン虫をなだめすかして過ごすうち、私の愛想はみるみる増殖していったかに思われる。そして先日、新幹線車内にて、食べ物や飲み物をいっぱい乗せた重いワゴンを押しながら車内販売に励む若い女の子が目に入った。律儀にマスクをつけ、お客様の動きを視線で察し、呼び止められるとすばやくワゴンを止め、丁寧にコーヒーを差し出し、「お熱いのでお気をつけくださいと」と愛らしい声を出し、ミルクと砂糖とマドラーをテーブルに置き、また振り返ってトレイを出し、コロナ対策として直接の手渡しはできないんですすと申し訳なさそうな表情で代金のやりとりを完了させ、丁寧に頭を下げて静かに去って行く。

重労働だろうなあ。ずっとマスクをつけているのもつらいだろうなあ。気づくと彼女はすでに車両の端に到達し、次の車両へ移る前にお辞儀をしている。私は思わず手を振った。頑張ってね！　無理しないでね。そういうつもりだった。すると彼女は去って行くかと思ったら、重いワゴンをUターンさせて戻ってきたのである。忘れ物か。ジリジリと私の座席の近くまできたと思ったら、

「何かご注文ですか？」

ぎゃーあああ。

「ごめんなさい。私はただ、バイバイのつもりだったの」

「ああ……」

その瞬間、彼女は決して落胆の表情を浮かべなかった。私は慌ててお菓子を買い、隣の席の同行者にも「何か買いなさい」と強要し、彼らは私の過失を償うために缶ビールを二つ、追加注文してくれた。

「戻ってきてよかったです」

トレイに載せたおつりを差し出しながら、彼女は優しく微笑みかけてくれた。なんて健気(けなげ)な売り子さん。心の中ではムッとしたでしょうに。

歯より始めよ

二年半ぶりに歯医者へ行った。

一般的に歯医者というところにどれほどの頻度で通うべきなのか知らないが、どうやら私はかなり疎遠な関係らしい。私の周辺には月に一度ぐらいの割合で通っている熱心な歯科ファンが多い。そういう人々から、

「定期的にクリーニングしてもらわないとダメですよ」

と、ものぐさな私はあちこちで非難される。歯石が溜まって歯槽膿漏になるとか、歳を取るほど歯のメンテナンスが必要になるとか、怖いことを言って私を脅す。それでもめげずに怠け続けてきた。美容院だって三年に一度ぐらいしか行かない私が、痛くもないのになぜ定期的にあんな怖いところへ行かなければならないのか。そう、私はどの医者より歯医者が怖い。あの、キーーーーーンという音を想像しただけで首をすくめたく

なる。それ以上深く掘らないで。無言の願いも空しく先の尖った電動器具は私の歯の穴にぐいぐいと襲いかかってくる。

「痛かったら言ってくださいね」

先生は優しい声でおっしゃるが、そう言われてもこちらは無防備に口を開けたまま、ひたすら眉間に皺を寄せたり、ときどき片手を挙げてジェスチャーしたりして意思を伝えるしか手立てはない。たとえ手を挙げて、「もう勘弁してください」とお願いしたところで、一瞬、手を休める程度で、治療を中断してくださるわけではない。あれが、怖い。あの種の恐怖体験は人生にできるだけ少ないほうがいい。だから、「痛くなるまでは行くまい」そう心に決めて長い間しのいできた。

ところが。去年の暮れに、突然、下の奥歯に怪しい感覚を覚えた。ときどきスーッと軽い痛みが走る。きっと気のせいだろう。疲れたときに歯が痛むというのはよくある話だ。じゅうぶんに睡眠を取ったりのんびり過ごしたりするうち、痛みは自然に消えるであろう。期待したが、ちっとも消える気配がない。それどころか日が経つにつれ、さらに痛みの頻度が増してきたかに思われる。それでも私はじっと耐えた。気のせいだ、気のせいだ。

我慢しながら考えた。この痛みがさらに激しくなり、耐えられなくなる頃に正月を迎えるのは由々しきことである。せっかくのおせち料理（自分で作るわけではないが）もお雑煮も楽しめないし、そもそも正月を寿ぐ気分でなくなるのはなんとも情けない。だいたい歯痛というのは、「なぜ今？」という最悪のタイミングに訪れる。旅先や飛行機の中。極めて忙しい最中。そして世の中が一斉休暇に入った頃。まるでいたずら坊主が塀の向こうから顔を覗かせてヒッヒッヒと憎たらしげに笑うかのごとく、こちらの都合の悪いときにかぎってやってくる。

よし！　私は覚悟を決めた。PCR検査で鼻の奥に綿棒を突っ込まれるのも平気な私が、鼻うがいを屁とも思わぬ私が、歯医者のキーンごときを恐れるとは、女が廃るというものだ。行ってやろうじゃないの。なにが怖いものかいな。

二年半ぶりだったと知ったのは、歯科医に告げられたからである。ビクビクしながらリクライニングシートに身体を埋め、紙エプロンをかけ、目にタオルを載せられて、私は震える息で深呼吸をした。長きにわたる無沙汰を責めることもなく、寛大なる先生は私の口の中を淡々と観察し、レントゲンを撮ったのち、優しくおっしゃった。

「だいぶ前にカバーをした歯の内側に小さな虫歯ができた可能性があります。本格的な治療は年明けに行いましょう」

なんだ、小さな虫歯か。ならば大した治療にはなるまい。そう安堵した矢先、

「しかし、この二年半のあいだに歯茎がだいぶ後退しています。ちょっとスピードが速すぎますねえ……」

穏やかな声が穏やかならぬ言葉を発した。

虫歯どころの騒ぎではない。このまま歯茎の後退がどんどん進み、歯の隙間がさらに広がって、いずれどの歯も自力で立っていられなくなり、ポロンと倒れてしまう日が訪れるのか。

父と母を思い出す。いつのまにか両親は総入れ歯になっていた。父は上下とも、母は上だけであったが、こんな大事業を成したこと、一緒に暮らしていなかったとはいえ、まったく娘は気づかなかった。両親の介護をするようになり、たびたび二人の入れ歯の世話をしたものだ。人工の歯を入れたまま床につくのはつらかろうと思い、入れ歯を取り出して歯ブラシで洗ったりもした。入れ歯が行方不明になり、家中を探し回ったこともある。

父も母も、入れ歯を除くとたちまち漫画で描いたような老人顔になった。

「歯って、大事なんだねえ」

あのとき身に染みた記憶がある。

「だからこそ、自分の歯をできるだけ長持ちさせるようにしましょうね」

先生の優しい顔の奥に暗黙のプレッシャーを感じた。

わかりました。わかりましたよ。来年からは真面目に通います！

こうして新年早々、私の新しい手帳の白いマス目には、「歯医者」という文字が三つも並んだ。まず一回目に虫歯の治療をし、上から覆う「かぶせもの」の型を取る。本物のかぶせものができるまでは仮のカバーを設置する。そして二回目に、全体のクリーニングを行い、三回目にしていよいよ本物のセラミックカバーを装着させ、虫歯部分の治療が完了する見込みだ。しかしきっと三回目の治療を終えた頃、「おお、こちらの歯に小さなヒビが入ってますね」などと新たな発見をされるに違いない。その治療をするうちに、きっと次なるクリーニングの時期が訪れるのだ。

こうして私は延々と歯医者通いをすることになるだろう。ちょっと憂鬱ではあるけれど、そのときは、両親が入れ歯を取ったときの顔を思い出し、笑って乗り越えることにしよう。

さみしい力

ラジオで一緒に番組をやっているふかわりょうさんが、あるとき雑誌の取材を受け、「〝さみしさ〟への対処法」について問われたという。ふかわさんがその記事を読み上げた。

「僕自身は〝さみしい〟という言葉に置き換えるような心境になることはなくて。精神的に不安定というか、バイオリズムの波は絶えず流れていて、悲観的になることもある。でもそれをさみしいという言葉にしていません。（中略）でも、そういった症状をひっくるめてさみしいというのであれば、僕はめちゃくちゃさみしい人間だと思います」

（「@BAILA」より）

言葉への感受性が極めて高いふかわさんらしい答えだ。「ことほどさようにめんどくさい人間なんですよ、僕は」とふかわさんは自嘲気味に記事を披露してくださったのだけれど、私は「めんどくさい」と思うより、「そうか、なるほど……」と思考が刺激された。

いったい自分は「さみしい」という感情をどのように捉え、これまでどう対処してきただろう。そもそも今までの人生において「さみしい」と思ったことが、どんな場面でどれくらいあったのか。

思い起こす前に、「さみしい」と「さびしい」の違いはなんだ？ という疑問が湧いた。調べたところ、「さみしい」は「さびしい」が時代とともに音変化して生まれた言葉であり、意味は変わらないらしい。が、漢字の「寂しい」と「淋しい」には違いがある。すなわち「寂しい」は、情景的にも感情的にも幅広く「悲しい」「ひっそりしている」「さびれている」といった様子を表すのに対し、「淋しい」は、より感情的な、涙を伴う「悲しみ」を表現するときに使うようだ。

なるほどね。と、ここまで理解したところで私はいったいどういう「悲しい」状況のときにさみしく感じてきただろう。

幼少時の記憶は豊かなほうだという自負がある。「よく覚えているわねえ」と友達に感心される。それは事件が多かったからではないか。父が癇癪持ちで始終、機嫌が悪かった。突然、お膳をひっくり返し、母が泣きながら床に散乱したおかずや食器を片づけていた光景が頭から離れない。母だけでなく、家族の誰もが父の逆鱗（げきりん）に触れ、怒鳴られて、「出て行け〜」騒動がよく勃発した。

「なにが悪かったのか、わかったか。わかったならよろしい。飯を食いなさい」

怒りが少し収まったあとの父の台詞は決まっていた。はてなにが悪かったのだろう。実のところ、よくわからないけれど、ようやく許されたという安堵感が涙腺を刺激して、父に怒鳴られ続けている間はちっとも涙が出なかったのに、「わかったならよろしい」と父に言われた途端、ワンワン泣き出したものである。

しかしそういう場面で「さみしい」と思ったことはない。家内騒動の渦中にいるということは、どう考えても静寂からはほど遠い。そう、さみしさと静寂はセットなのである。そういう意味で私は静かに悲しんでいたことはほとんどない。常に、あっ、父の機嫌が急に悪くなったぞ。どうしよう……。警戒警報、警戒警報。おっと、弟が言い返した。おっとおっと、父が鬼の形相になった。弟と父の殴り合いが始まるか？　父から眼鏡を取り上げないと怪我をする。あれ、なんで？　私に火の粉が飛んできた。そもそも佐和子がいけないだって？　出て行け？　そんなバカな。どうしてこうなるの？　とまあ、傍（はた）から見ればボクシング中継を見ているかのごとき光景だからして、ことごとく静寂であったためしはない。

ようやく静寂を勝ち得たと思ったのは、三十歳で一人暮らしを始めたときである。

「一人暮らしはさみしくない？」

当初よく人に問われた覚えがある。が、私はちっともさみしいと思わなかった。むしろようやく衝突の絶えない家族から解放され、ビクビクすることなく自由を満喫できる喜びに溢（あふ）れていた。

では私にはさみしいという感情が希薄なのか。そんなことはない。ふかわさんに負けず劣らず精神的に不安定で、父に似て機嫌の良し悪しが激しい性格である。ふとした拍子に己のダメさ加減を思い知り、世の中から落ちこぼれた感覚に陥り、布団に潜り込んで夢の中に逃避したいと思うことは、今でもときどきある。でもいずれ、寝ていることに飽き、ごそごそと布団から這い出して、誰かに「どうしたの、浮かない顔をして？」と声をかけられたら、待ってましたとばかりに、

「なんか、さみしい……」

弱々しく呟（つぶや）く。聞き手は家族のこともあるし、仕事仲間の場合もある。ときに宅配を

してくれるおにいちゃんや、駐車場のおじさんから、「こんにちは」と明るく声をかけられるだけで、まるで傷口に温かい手をそっと置かれたかのようにホッとする。つまり、淋しいないし寂しいという感情は、静寂とセットであると同時に、孤立感情とも仲良しだ。孤立していないと認識したら、たちまち元気を取り戻す。少なくとも私はそうである。そして「さみしい……」と外界に発信する自分は、なんと甘ったれであろうかと反省し、その気恥ずかしさに気づいた途端、心の中で照れ笑いが起こる。

ふかわさんはくだんのインタビューでこう述べている。

「このさみしさと定義づけられているものは、僕というメンヘラおじさんを動かすエンジンの役割でもあって。それが創作の原動力になっているので、僕にとってはとても重要な部位なんです」(「@BAILA」より)

私は長らく、「落ち込んだ(さみしさも含め)とき、どうやって立ち直りますか」という質問に対して、

「まず寝る。睡眠をじゅうぶん取って元気が回復したらベッドから這い出して、誰かと会う、あるいは会話する。自分の中のモヤモヤを五人ぐらいに吐露してみれば、頭の整理がつき、『落ち込むほどのことではない』と気づき、そのうち時間が経過して、傷が

癒えているという具合です」

そう答えてきたが、今後はふかわさんのように、この孤立感情を原動力に変えて、もう少し創作方面に活用させようと反省した。さみしさ同様、すぐ忘れるんですけどね。

Wの悲劇

北京オリンピックのフィギュアスケートペアを見ていたら、実況アナウンサーが、「いやあ、見事なスロージャンプ、距離も高さもありました！」「スロージャンプでした！」と感動のコメントをつけていた。そもそもフィギュアの専門用語は難しく、トリプルアクセルとかキャメルスピンとかデススパイラルとか、一つ覚えるとまた一つ、新しい言葉が出てきて、しかもスピーディな演技のことだから、その技が完成しているのかどうかもわからない。転ばなければいいじゃないのとこちらは思うが、そういう問題ではないらしい。そんなとき、頻繁に登場した「スロージャンプ」という声を聞き、

「どこがスローなんだ？」

私は首を傾げた。もしかして優雅に跳んで着地するまで、スローモーションのように美しく跳ぶことが求められているジャンプなのかと必死に目を凝らす。わからんぞ、ど

こがゆっくりなのだろう……。

そしてまもなく気がついた。スローとは、「ゆっくり」のスローではなく、「throw」すなわち、「放り投げる」の意味だったのだ。

なに、そんなことも知らなかったのかと笑われるかもしれないけれど、知りませんでした。ただこれはアナウンサーが「ｔｈ」の発音ができないせいではない。おそらくだが、日本語に存在しない発音は、より視聴者にわかりやすい音にして表現するよう放送業界で決められているのだと思われる。外国語のカタカナ表記は得てしてそういう配慮がされている。

だいぶ昔、ホイットニー・ヒューストンのコンサートへ行った。舞台の上にて見事な声量で何曲か歌い上げたのち、彼女がマイクを持って客席に語りかけた。

「こんばんは。今夜はようこそ、私のコンサートへ来てくださいました。ホイットニー・ヒューストンです！」

そう言って一人でケラケラ笑い出した。何事かと思えば、

「日本に来たらみなさんが私のことをホイットニー・ヒューストンと呼ぶので笑っちゃいました。アメリカではいつも、ウィッニー・ヒュースタン（この表記も正確ではない

が）と呼ばれているので」

　決して気を悪くしているわけではない様子だったけれど、驚いたことは確かであろう。

　昔、アメリカの地下鉄に乗って「Woody's」というデパートを目指した。最寄りの駅を降りたものの、さてどちらの出口を出れば目的地にたどり着けるのかわからない。そこで通りがかりの親切そうなご婦人に声をかけた。

「失礼します。『ウッディーズ』というデパートはどこから出ればいいのですか？」

　婦人は目をしばたたかせ、「What?」と聞き返した。聞こえなかったのかな。私は少し声を張り、『ウッディーズ』です」と何度か繰り返す。それでも通じない。アクセントや言い方を変えて「ウディーズ？」「ウーディーズ？」などと何度も試すうちに、ご婦人、ようやく理解したという顔で、

「オー、ゥウディーズね！」

　どこが違うんだ？　でも違うらしい。日本語の「ウ」の発音と英語の「w」の発音はまったく別物らしいのだ。彼らにとって「w」はまず口元を、ディープキスをするかのごとくすぼめて尖らせて、それから「ウ」と発するような感覚と言えばいいのでしょうか。たとえて言うのなら、ア行とワ行の違いと似ている気がする。現に日本語には「い」

と「ゐ」、「え」と「ゑ」、「お」と「を」は別のものとして発音していた時代がある。日本にも昔々、「w」に近い発音が存在していたのかもしれない。いずれにしてもアメリカで初めて知った「w」の発音だった。「w」の正しい発音なんて学校で習わなかったもんね。

いっぽう「th」問題については「rとl」問題同様、学校で叩き込まれた記憶がある。

かつてアメリカに一年間住んでいたとき、幼い子供たちを相手に絵本を読むことになった。手渡された絵本は『きかんしゃトーマス』である。英題は「Thomas & Friends」だ。私はできるだけ正しい発音で読もうと思い、「th」の部分に来ると、上下の歯の間にしっかり舌を挟んで音を出した。

「ソーマス・イズ・ラニング・トウ・ダ・タウン」

「ソーマス・イズ・クライング」

子供たちがケラケラ笑っている。どうやら私の読み聞かせが受けているようだ。すっかり嬉しくなり、張り切って読み続ける。すると、私のそばで聞いていた一人の男の子が、部屋の片隅にいる友だちを手招きした。

「ヘイ、ジム！　君もこっちに来いよ。サワコがひどい発音で絵本を読んでいるから面白いよ！」

そして私は知ったのだ。「ｔｈ」は、単語によっては必ずしも舌を歯の間に挟むとは限らない。そして「トーマス」という名前は、日本語同様、「トーマス」（多少、トの部分を破裂させ強く発音するらしいが）だったのだ。

名前といえば、私はつい最近まで知らなかったことがある。

ベーブルースって、ベーブ・ルースだったんですね。私はてっきり、ファーストネームが「ベー」ちゃんで、ファミリーネームが「ブルース」さんだと長年、思い込んでいた。勘違いだったと知り、改めて調べたら、さらに「ベーブ」はあだ名のようなもので、本名は「ジョージ」だった。童顔のルースさんがみんなに「赤ちゃんみたいに可愛いね」と思われて、「Babe（赤ちゃん）・Ruth」変じて「ベーブ・ルース」と呼ばれて愛されていたらしい。あら、そうだったの？　で、名字の「ルース」の「ｔｈ」は、「ス」でいいのか、それとも舌を歯の間に挟んで発音するべきか。

英語の発音は実に難しい。ま、どの国の言葉も正確に発音しようと思えば難しいですね。

合点と落胆

ゴルフを始めてかれこれ十七年になる。こんなに長年、夢中になっているにもかかわらず、ちっとも上達しないのはどういうことか。

親しいゴルフ仲間がよく口にする。

「僕のまわりにウロコがいっぱい落ちてるんだ」

その心は、「そうか、そう打てばいいのか。目からウロコだよ！」と、今までに何百回叫んだかという意味だ。目から落ちたウロコの数だけ、「合点した！」のはたしかであるが、その「合点！」が継続したためしはほとんどない。すぐまた上手に打てなくなる。ボールが当たらなくなる。飛ばなくなる。失敗する。しかし、しばらくすると再び、「そうか、そう打てばいいのか」と、目からウロコを落とす瞬間が訪れて、もはや自分の目の前には明るい未来しかないかのような爽快感に満たされる。それがまったくもって嘘であるとわかっているのにね。

でも、上達することが困難だからこそゴルフは止められない。もし簡単に会得して、その会得がずっと継続し、技も身体もメンタルもすこぶる強靭になったら、おそらく「こんなものか」と慢心し、いずれ飽きてしまうだろう。ゴルフに飽きないのは、ゴルフの神様が、プレーヤーをたまにちょっとだけ有頂天にさせ、まもなくとことん落ち込ませることを、たくみに繰り返すからにちがいない。

さて、最近の私のウロコは、「軸」である。

「やっぱりゴルフに大事なのは軸だ！」

目からウロコがまた一つ剝がれた。かつて何度も「軸が大事」と思ったことがあるけれど、今回ほど深く納得したことはない。

クラブを構えてボールの前に立つ。それからクラブをゆっくり後ろへ回し、大きな円を描いて振り下ろす。そのときどうしても身体が左右にぶれたり上下に動いたりしてしまう。ボールに当てたい、飛ばしたいという意識が強すぎて、余計な力が入るせいだろう。振り上げたクラブを再び同じ軌道でボールの位置に戻してくれれば、ボールはクラブの面の真ん中に当たってまっすぐ飛ぶはずなのである。そのためには軸となるべき身体の芯がぶれてはならない。じっと動かず、泰然自若と構えていればいい。

そう思い直して、自分の身体の真ん中に意識を持っていき、具体的に言えばだいたい丹田と背骨あたりに「じっとしていてね」と囁きながらクラブを振ってみたところ、さほど力を入れないのに具合よくボールが飛んでいった。

「そうか、やっぱり軸か！」

人生、何事も軸が大事である。軸をないがしろにして余計な欲を抱くとロクなことはない。幸せに慣れてしまうともう少し上を望むようになる。それは一見、向上心とも捉えられるが、過度な向上心はすなわち、現状への不満の裏返しだ。人はなかなか己の身の程を知ることができない。軸に注意してクラブを振っているうちに、もっと遠くへ飛ばしたいという欲が出て、フォームがしだいに崩れていくのである。

知人に勧められてパターを新調した。十年ぶりである。ゴルフのクラブには、求める距離や使う状況に応じていくつかの種類があるけれど、グリーン上でボールをひたすら転がすことだけを目的としたパターは、他のクラブと比べて持つ人間との相性がより大事になる。

他のクラブには、ボールを置く位置、構え方、振り上げる高さなど、基本的セオリーがあり、それを守らないと思うように飛ばないが、パターに関しては、「芯に当てる」ことに集中する以外、構え方も姿勢も比較的自由である。

背中を丸めて打つ人もいれば、棒立ちに近い打ち方をする人もいる。目標に対して斜めに構える人、直角に構える人、右手を下にして握る人、左手を下に握る人、長いパターを使う人、短いのを使う人などさまざまだ。

私はここ十年、使い続けてきたパターに不満はなかった。が、「このパターに替えたらカップに入る確率が格段に上がりますよ。パターも進化しているのです。そろそろ替え時です」

甘い言葉に誘われて、つい高価なパターを購入してしまった。いくらだったのかなんて、野暮なことは聞かないで。とにかく高かった。にもかかわらず、結論から申し上げると、まったくもって相性が悪かった。どうこねくり回しても、どれほど練習してみても、入らなくなってしまったのである。

馬には乗ってみよ。人には添うてみよ。パターには慣れてみよ。心で唱えてしばらく頑張ってみたのだが、数ヶ月ほど奮闘した末、力尽きた。

やっぱり合わない。

そう思ったのは私自身だけではない。まわりのゴルフ仲間にもさんざん言われた。

「どう見ても、その新しいパターはアガワさんに合っていないよ」

こうして私はまた元のパターに戻すことにした。すると仲間の一人がニヤリとした。

「戻したら戻したで、また昔のようにうまくいくとは限らないんだよねえ」

一度、手放したパターはきっと拗ねているにちがいない。数ヶ月の放蕩の末、昔の相性の良さは蘇らない恐れがある。

でも私は決断した。昔のパターに頭を下げ、許しを請おう。大枚叩いた悔しさを脳みその奥にしまい込み、古巣へ帰るのだ。

元パターは寛大であった。私を鷹揚に受け入れてくれた。戻したのち、すべてのボールがポンポン的中するわけではないけれど、使う感覚がしっくりくる。これぞ長年にわたって積み上げてきた相性というものだと改めて認識した。

私は今、しばらく浮気をして家に戻ってきた亭主の心境である。悪かった。君の優しさにようやく気づいたよ。でもきっと、離れなければわからなかったこともあるだろう。人間は、合点と落胆を繰り返しながら生きる定めにあるのだ。それが成長に繋がっているかどうかは、はなはだ怪しいとしても。

六十八の手習い

今さらながら、着物を着ようと心に決めた。着付け教室に通うつもりはない。自宅の鏡前に立ち、ときにYouTubeの「着付け指南」動画を覗き見て、もっぱら手抜きの着方を身につけるべく、ただいま修業中である。

ことの発端は実家の片づけだ。長年にわたってたまった家族の荷物を整理していたら、母の着物が大量に出てきた。

そもそも母は、父と結婚した直後からずっと着物を着ていた。なぜか父は、「お前には洋服が似合わない」と決めつけて、新婚早々、洋服禁止令を出したらしい。おかげで母は、出かけるときのみならず、家事育児のいっさいを着物でこなした。だから私は物心つく頃から、朝は母の衣擦(きぬず)れの音で目を覚まし、エプロンより割烹着姿に馴染んでいた。

母の着物はいわば仕事着だったので、さほど高価なものではない。絣や紬、柄も格子や縞模様が多かった。父と外へ出かけるとき、柔らかい生地の訪問着を着ることはあったが、私は母のよそいき姿より、普段の着物姿が好きだった。大きくなったら母から着物を譲り受け、普段使いの着物をさりげなく着こなせるようになりたい。そういう夢だけは持っていた。が、結局、自分で着られるようにならないまま、今の歳に至った。

かつて挑戦したことがないわけではない。婦人誌からの依頼で「着付けを習う」という企画を利用して、専門家に教えを乞うたことは何度かある。が、それもいっときのこと。せっかく習った技も頻繁に使わなければ身につかない。たまに着物で仕事をするときや結婚披露宴などの場に赴くときは、プロの着付けさんにお願いして着るばかりだ。そのたびに、「自分で着られるようになりたいのよねえ」とか、「自国の民族衣装を着ることのできない国民がこんなに多い国って、日本くらいなんだって」とか自嘲気味に呟くが、そのくせちっとも努力しようとしなかった。

そこへ、実家を整理する機会が訪れた。はて、大量に出てきた着物をどうするか。どうせ身につけることもなかろう。処分するのが賢明だ。そう思いつつ、たとう紙に包まれた着物を茶箱から取り出して、一枚ずつ広げてみれば、なんと懐かしい着物ばかりではないか。ああ、この紬を着て、赤ん坊だった弟を抱いている母の写真があったぞ。おお、この絣模様の着物は母がよく家で着ていたなあ。おっと、この大島紬は「佐和子が生まれたとき買った」と外書きされている。いずれも手に取るたび、愛おしさがこみ上げる。とても捨てるには忍びない。そこでハタと思い立った。

とりあえず一人娘の私が引き取って、着物に詳しい知り合いの着付師か着物雑誌の編集の方に見てもらい、判断をあおぐのはどうだろう。「これは取っておきなさい。これはもはや手放してもいいでしょう」と分別していただいて、順次処分していけばいい。

そう思い決めて持ち帰ってみたものの、日常の雑事に追われ、専門家を招く暇がない。そこで再びハタと思いついた。とにかく自分で着てみるか。

子どもの頃、母が外出するときは、出かける支度をする母の横に付きまとって留守番の指南を受けるのが常だった。

「冷蔵庫にお肉が入っているから焼いて食べなさい。コーンスープは温めて。火の元には気をつけなさいよ」

手際よく着付けていく母の傍らに座り込み、私はひたすら観察する。

「何時頃、帰ってくるの？」

次は帯揚げだなと思うタイミングに床から帯揚げを取り上げて母に手渡す。

「うーん、九時くらいかな」

鏡に振り向いて母がお太鼓のかたちを作る。私は続いて帯締めを二本、差し出す。

「どっち？」

「そうね。今日はこっちのグリーンにする」

すばやく受け取ると、母は後ろ手にお太鼓の間へ滑り込ませ、前できつく結ぶ。

「よし！」

着付けが完了すると、母はいつもお腹を帯の上から手のひらでパンパンと二回打ち、気合いを入れるかのように背筋を伸ばす。

「じゃ、行ってくるわよ」

「おーい。まだか？」

玄関から父の声がして、母は「はーい」と返事をし、シャリシャリと小走りで部屋を出る。

着付けの手順だけはおおかた理解しているつもりだった。あの要領を思い出して挑戦してみよう。

たまたまさる料亭での食事会にお呼ばれした。絶好のチャンスである。先方に辿り着くまで着崩れない程度に着ておいて、着崩れてきたら、あるいは「その着方はひどすぎる！」と注意されたら、お店の女将（おかみ）や仲居さん、もしかして芸者さんもいるかもしれない。着物のプロにこっそり直してもらうことができるはずだ。私は張り切った。母の残した着物の中から青地の大島紬を取り出した。帯は初心者が扱いやすそうな滑りのいいえんじ色の……これは名古屋帯かしら。よくわからないが色は着物と合いそうだ。

　下着や長襦袢は自前のものがある。白い半襟も紙の衿芯ごと縫い付けた。まず下着をつけ、足袋（たび）を履く。続いて長襦袢を身体に合わせる。そのときの衣紋（えもん）の抜き具合が大事である。抜きすぎると品がなくなるし、詰めすぎてもみっともない。これくらいかしら。ここぞと定めて胸の下で合わせ、ずれないうちにヒモで結ぶ。続いて着物に袖を通し、前で合わせ、おはしょりを整えたのち伊達締め（だてじ）で締め上げると、いよいよ帯を結ぶ段に入る。実はここがいちばん大変だったのだが、大変すぎて筆舌に尽くしがたい。

　とにかくさんざん格闘した末に、ようよう背中でお太鼓のごときかたちを作り上げ、帯揚げと帯締めでなんとか固定して、ああ、もう出かける時間が迫ってきた。

「きれいきれい！　大丈夫大丈夫」

秘書アヤヤの慰めの言葉に背中を押され、草履を履いていそいそと。その後、出先でどうなったことか。続きはまた次回。

披露目の段

前回の続きでありますが、なんとか母の大島紬を着付けて料亭に辿り着いたら、「あらあ、ステキなお着物」「お似合い！」とお店の人たちにお褒めの言葉をいただいて、同席した紳士諸氏にも「珍しいねえ」と喜ばれ、すっかりいい気分。実はこれは母の着物、自分で着付けてまいりましたと告白するや、同席していた美しき芸者さんに、小さく目配せされる。

「ちょっと、あちらで直しましょうか」

待ってましたの一声だ。私はこっそり座敷を立ち上がり、前室の屏風の陰に隠れる。

「とりあえず、帯だけ直しましょうね」

「はい。お太鼓の部分が難しくて……」

「先にタレの位置をヒモで固定しておくと、楽に結べますよ。背中のシワを取りましょう」

さすが毎日、着こなしておられる芸者さんのワンポイントアドバイスは的確だ。お太鼓を締め直し、あちこちのシワを伸ばし、背中の中心線を正していただいて、きれいに直した姿で再び座敷に戻ってみると、

「ほうほう、すっきりしたね」

またもや皆様に褒めていただいた。

気をよくした私は数日後、今度は対談仕事に着物を着ていこうと思い立つ。二度目は白地に縞柄の大島紬である。帯はぐっとモダンに青い無地の紬帯を選んだ。ところが、一回目の成功体験が仇（あだ）となった。

とかく料理でそういうことが起きる。初めて作る料理はそれなりに緊張するせいか、たいてい成功し、評判も上々となるのが常である。が、同じ料理を二回目に作ると必ずと言っていいほど失敗する。そういう苦い思いを今まで何度も味わった。どうやら着物も同じらしい。なんとか着付けて対談場所に到着し、まずはお手洗いで用を済ませて廊下へ出ていくと、

「あれ？」

お尻のあたりでふらふらと動くものを感じた。振り返って見てみると、お太鼓のタレがだらりと垂れてしまっているではないか。帯留めからすり抜けたらしい。慌てて、その場に居合わせた初対面の女性編集者さんを呼び止める。

「すみません。ちょっとこっちの端を押さえていてくださいます？」

「へ？　こうですか？」

「うーんと。もうちょっと上」

「ここらへん？」

「はいはい。そのまま押さえていて。今、締め直しますので」

面食らっている編集嬢の助けを借りて、無理やり帯締めで帯を押さえつけてみたものの、どうもこの結び方、根本的に間違っている気がしてきた。が、もはや対談時間が迫っている。最初から着付け直す余裕も場所もない。私はお尻を押さえつつ、仮留めしたお太鼓のかたちを保たせて椅子に座り、作り笑いで対談を開始した。その後、写真撮影はあったけれど、まあ、前面から撮るだけだからごまかせた……と思う。

帰り道、反省した。いくら小さい頃に母の着付ける様子を観察していたからといって、きちんと理解していなかったらしい。よし、もう一度、基本から学び直すことにしよう。

とはいえ、着付け教室に通うのも大変そうだ。こういうとき、ネット情報は便利である。あちこち検索した結果、「すなおの着物チャンネル」という動画を見つけた。どこのどなたか存じ上げないが、いかにも着物の似合う和風のお顔立ちといい、はんなりとした京都言葉といい、その佇まいを見ているだけで着物の世界へ誘われる。しかも、解説の明快なこと。すなお先生によると、「大変そうやなと思っても、まずはチャレンジしてください。おそらく一回目はうまくいかないと思います。でもそれでいいんです。細かいことは気にせずに、まずは最後までやりきりましょう。着物を着られへん人なんて一人もいません。二回、三回と着るうちに必ず着られるようになります！」

なんと心強い励ましの言葉ではないですか。つまり、習うより慣れろ。完璧を求めるな。普段着感覚の着物を楽しもう。そんなすなお先生のすなおな理念が、私の求める着物生活にぴったり合う気がして嬉しくなってきた。

そういえば、母の若い頃の写真を見てみると、お端折りの幅がずいぶん広いのに驚いた。さらに母の母、つまり祖母の写真をまじまじ観察すれば、衣紋はさほど抜かれていないし、半幅らしき帯がだいぶ傾いて、帯締めもよれた状態で結ばれている。それでも身体に馴染んだいい着方をしている。これでいいのだ。こんなふうになりたいのだ。私は母や祖母の着物姿の写真を見て自らを鼓舞する。

どうやら自分で着物を着ることのできない私たちの世代は、婦人誌や着物専門誌で見かける美しいモデルの着こなしを「正しい着方」と思い込んでいるきらいがある。友人の結婚披露宴に「着物で行こう」と張り切って、でも当然のことながら自分では着られないから一式担いで美容院へ行き、プロの着付師に着付けてもらった思い出ばかり。しっかりきっかり幾本ものヒモできつく締められて、「あら、ステキ」と周囲に褒められるのはいいけれど、宴が終わって帰宅して、帯をほどいた途端に吐き捨てるように唸(うな)ったものだ。

「ああ、苦しかった。もう当分、着物なんて着るものか!」

着物は苦しいもの。お金のかかるもの。そういう固定観念が抜けなくなったのは、よそいき着物を雑誌のモデルになった気分で着ていたせいではあるまいか。

考えてみれば昔の日本人女性は、着物で掃除も洗濯も台所仕事もこなしていたのである。着物の裾を端折って雑巾掛けだってできた。少々襟元がぐさぐさしていても、帯が曲がっていても、いいじゃないの、しあわせならば。人目にさらし、未熟さを自覚し、そしていつか身に馴染む日がくることを信じよう。その精神で挑む着物愛が、さていつまで続くやら。ましてこれから暑い季節になり、単衣(ひとえ)とはいえ、汗かきの私に着こなせるのか。細工は流々仕上げをご覧(ろう)じろ。って自信はないけど。

いたずらばあさん

一緒にラジオ番組をやっているふかわりょう君に膝カックンを仕掛けた。

ラジオ局近くのコーヒー店で、注文したコーヒーを受け取ろうと外のカウンターで待っていたふかわ君の後ろ姿を見つけたからである。気づかれないようそっと近づいて、彼の膝の裏目がけて自分の膝頭を押し出そう……と思った次の瞬間にふかわ君は殺気を感じたらしく、振り向いてしまった。だから私としては半分しか成功していない気分。でもふかわ君は、してやられたと思ったらしき気配。

「ううう、もう！」

いかにも悔しそうである。

そのあと互いにコーヒーを持ちながらスタジオに入り、生番組中、私はたっぷりたしなめられた。

「アガワさん、なんで膝カックンなんかするんですか？」

まるで学校の先生が、いたずらをした生徒を呼び出して教員室で諭すかのごとく、ゆっくりと落ち着いた口調で私に問いかけてきた。

なぜ、するか？

問われて改めて考えた。なぜと聞かれれば、まったくもって衝動的ないたずら心である。まんまと相手がひっかかったら、さぞや愉快なことだろう。背中を向けてボーッと立っている人を見つけたら、誰だって膝カックンをしたくなるものなんじゃないでしょうか。

ちなみに私はあのいたずらに「膝カックン」という名前がついていることすら知らなかった。知っていたかもしれないが、すっかり忘れていた。でも他人様の膝の裏を押し出したいという欲求については、幼い頃より齢七十にならんとする今に至るまで、たぶん忘れたことはない。背中を向けて立っている人がいたら、加えてその人が、そういういたずらを仕掛けても怒らなそうであれば、率先してやりたい衝動にかられる。

ふかわ先生の質問はさらに続いた。

「ああいうことを、いったいいつからやっているのですか？」

ふかわ先生は本気で怒っているわけではなさそうだ。しかし、彼自身は子供の頃から、膝カックンをして喜んでいる友だちを見つけるたびに、「バッカだなあ」と冷たい視線を送っていたという。そんなふかわ君にとって、私ほどの年齢の女が、まさか仕掛けてくるとは思ってもいなかったらしい。

「そうなの?」

言われた私は逆に驚いた。みんな、大人になると、そういう子供じみた遊びをしなくなるのだろうか。やっている人は案外いるのではないか。ためしにその生番組内でニュースコーナーを担当しているJ子アナウンサーにさりげなく確認してみた。

「膝カックンって、することない?」

すると彼女は一瞬、目を丸くして、

「膝カックンですか?」

意表を突かれたかのような驚きようだ。

「そうですねえ……。子供の頃はやったような気もしますけど」

遠い記憶を辿るような目つきでひそやかに答えた。そうだったか。やはりいい大人になると、そういう遊びからは卒業するものなのか。

大人になると忘れてしまういたずらは、思えば他にもある。

家族と外を歩いているとき、皆より早く先に進んで、電柱や木の陰、あるいは曲がり角にささっと隠れて待機する。家族が近づいてきた頃合いを狙い、「ワッ！」と飛び出して驚かす。

「やだもう。びっくりしたあ」

首尾良くいって笑いが起きるときはいいけれど、家族だと思って見知らぬ他人を「ワッ！」と驚かしてしまう場合もある。でも子供は懲りずに家族を、あるいは友だちを驚かしたいのである。

このいたずらは私もさすがに大人になってあまり（ぜんぜんではない）しなくなった。大人になってからこの「ワッ！」をやると、なんだかちょっと、カワイコぶって見られるきらいがある。はるか昔に恋人同士でやったことがないわけではないけれど、それは単なるイチャイチャの範疇に過ぎない。おー、ほっほ。

しかし、膝カックンにしろ物陰に隠れて「ワッ！」と驚かす遊びにしろ、実は今の時代にこそ、必要な危機管理の訓練になるのではないかと思っている。電車内でも歩道でも、横断歩道を渡るときでさえ、スマホしか見ていない人だらけの昨今である。どこから自転車が飛び出してきて、どこから車が突進してくるか、あるいは突然、後ろから怪しい人間に襲われるかわからない時代だというのに、誰もがスマホに夢中になってさほどまわりを気にしている様子がない。

そういう人に向けて頻繁に膝カックンをしたり、物陰から「ワッ！」と驚かしたりすれば、突然の危機に対して敏感になるだろう。いたずらとは、実は人の瞬発力を育てるために必要な知恵なのである。

認知症になった母は、そばへ近づくと、

「おへそ！」

人のおへそ目がけて勢いよく人差し指を突き出す遊びを始めた。どうしたどうした。幼い頃に遊んでいた記憶が蘇ったのか。相手が動きの緩慢な高齢者だと思い込んでいると、いつ攻撃してくるかわからないから油断大敵だ。それも予想外の素早さである。悔しい。こちらもやられたらやりかえす。

「はい、はずれー！」

「よし、こっちか？」

九十代の母と六十代の娘がケタケタ笑っておへそ合戦を繰り返す。

「やれやれ。まったく子供みたい」

呆れて言ってみるけれど、それなりにいい運動になるし、母の瞬発力にも感心した。私も母のように頭も身体もヨロヨロした頃、きっと記憶を呼び覚ますに違いない。相手が誰だかわからずとも、膝の裏が見えたらにわかに走り寄るだろう。高齢者だと思って油断して背中を向けていると、いつ膝カックンするかわかりませんからね。ボーッと生きてちゃダメですよ。

講演恐怖症

新型コロナウイルスによる行動制限が緩和され、少しずつ地方での仕事が復活し始めた。なんて書いている横で感染者数は激増している様子だが、以前のような緊急事態宣言が発出されそうな気配は、今のところない。そんなおり、北海道から講演の依頼を受け、基本的に講演仕事は得意でないのだが、この季節の北海道はさぞや清々しいだろうと想像するうち、つい引き受けてしまった。

実際、酷暑の東京と比べると、さすがに北海道は涼やかだった。いやいや、昔に比べたら北海道も暑くなりましたと地元の人はおっしゃるが、日差しは強いものの、立っているだけでじんわり汗が滲(にじ)み出ることもなく、身体の奥に熱がこもり始めたかのような不快感からも解放される。肌に当たる空気は都会の熱風とはあきらかに異なって、呼吸が楽であることを実感する。加えて当たり前のことながら、景色のなんと雄大なことだろう。

でっかいどー、ほっかいどー！

はるかかなたまで、隆起した山の姿は見当たらず、平らに広がる大地には大きく区画された麦畑が幾重にも連なり、道路脇に植えられた薄紫のラベンダーの香りが、そばへ寄らずとも涼しい風に乗って流れてくるようだ。そんな景色をボーッと眺めていると、おのずと笑みが浮かぶ。こういう景色に囲まれて育った子どもはきっと大らかな性格になるだろうなあ。いいなあ、北海道！

と、大らかに構えている場合ではなかった。これから私は舞台に立って、大勢のお客様の前にて一時間半ほど一人で喋りまくらなければならないのだ。はていったい何を話せば喜んでいただけるであろう。

今回の講演は札幌と旭川の二ヵ所で行う約束になっていた。二日で二ヵ所。場所もお客さんも違うから、同じ話でもまったく問題ありませんよと主催者側はおっしゃるが、そういうわけにもいくまい。

ずいぶん昔、出版社主催の講演旅行で今回同様、二ヵ所の地方都市を回ったことがある。登壇者は私ともう一人、年配の作家だった。いわば私はその年配作家の前座要員のようなものである。気楽にいこう。心ではそう決めていても、現場に来るとそれなりに緊張する。

なんとか一ヵ所目の講演を済ませ、次の町へ移動する車中にて、私に付き添ってくださったベテラン編集者氏が雑談がてら昔話を披露し始めた。

「舟橋聖一さんの講演旅行に同行したことがありましてね。だいぶ前の話ですが。あの頃は出版社も金があったのか、三、四ヵ所を回っていたと思います。そうしたら、三ヵ所目だったかな、舟橋先生が壇上で話を始めてまもなく、客席から『その話は聞いた！』って声があがってね。あれには驚きましたよ」

おそらくその客は舟橋氏の熱烈なファンだったのだろう。氏のあとを追いかけて、その都度、会場で聴講したらしい。ファンならそんなこと言わなくてもいいだろうと思うけれど、ファンだからこそ、各所で違う話を聞きたかったのかもしれない。いずれにしろ、その場に居合わせた担当編集者としては客席からのヤジに仰天し、そして面白い経験として記憶にとどめていたのだ。

「あれは可笑(おか)しかった」

ベテラン編集者は思い出すだに笑いがこみ上げるとばかり愉快そうにお腹を揺らす。

聞いている私もつられてちょっと笑った。しかし心から愉快な気持にはなれなかった。

これはもしや、私に対する牽制か……?

いかに場所と聴講客が違えども、同じ話をするのはいかがなものか。あなたもそういう目に遭うかもしれませんぞと、二回目の講演を前にして、さりげなく私に諭しているのではあるまいか。

そのベテラン編集者氏は決していじわるな人ではなかった。悪気なく思い出話をしただけかもしれない。でも私はその話のおかげで身が引き締まった。結果、二回目の講演内容が一回目に増して充実したものになったかどうかの自信はないけれど、彼の話は私にとって一種のトラウマになった。以来、講演仕事はあまり引き受けないようにしてきた。それでもそのときどきの事情でお断りしかねる場合がある。そして引き受けたあと、ふとあの言葉が脳裏に浮かんでくる。

「その話は聞いた!」

いやいや、そう言われてもですね。プロの噺家(はなしか)じゃあるまいし、そういくつもネタを持っているわけではない。小説家だった父(阿川弘之)とて、基本的に演題は二つほどだったと記憶する。すなわち、「海軍よもやま話」と「日本語の美しさ」。この二つのテーマを土台にして、細部を変えたり膨らませたり縮ませたり、客席の反応を見ながら、あるいは自らの気分の赴くままになんとか与えられた時間にまとめていたように思う。

「で？　娘のほうはどんなテーマで講演してきたの？」

そういうご質問には答えないことにしている。いわば企業秘密である。強気で申し上げているわけではない。そんなテーマでよく一時間半も喋れるねと呆れられるのがオチだ。

そもそも、講演を聞こうと思う人々は何を求めているのだろうかと想像する。「役に立つ話が聞けるかもしれない」とか「語りの妙味を味わいたい」とか、そう思いながら暑いのに、あるいは寒いのに、ときに参加費を払ってわざわざ聞きにきてくださるのである。その期待を裏切らないようにしようと思うあまり、焦ってペラペラ喋るうちに、いつしか終了時間となっている。

「ご静聴、ありがとうございました」

頭を下げて舞台をあとにする。

「どうでした？」

感想を聞きたい気持山々で袖に引っ込むが、ニコニコ顔で拍手をしながらも、待っていたスタッフが黙ったままだとかすかに心が痛む。ときに目を丸くして褒めてくださる方もいる。

「素晴らしい！　時間ぴったりに終わりましたね！」

そっちですか……と、その言葉にもまた傷つく。講演仕事を終えて帰ってくると、たいてい私は縮こまる。北海道のようにもっと大らかになれないものかしら。

暑い対策

暑い。言いたくないけど、暑いですね。

夏だから当たり前とはいえ、昔はここまで暑くなかったと皆が言う。どうだったろう。気象用語に「猛暑日」という言葉が登場したのは二〇〇七年だというから、たしかに体温より高い気温になることなんか昔はなかったのだと納得する。しかも、本格的に暑さが厳しくなるのは八月以降という暗黙の了解があったのに、ここ数年は六月ぐらいから始まって、下手をするとその暑さが十月初旬まで続くから、やはり近年は「暑すぎる!」と思うのも無理はない。

でも、私が子供の頃、やはり夏はとんでもなく暑かった気がする。各家庭にはまだエアコンがなかった。昔は冷房とかクーラーとか呼んでいたが、その冷房が普及する以前、部屋を冷やしてくれるのはもっぱら扇風機だった。扇風機をつけっぱなしにして寝たら身体の水分がすべて抜け、朝にはミイラになって死ぬという噂があり、一晩中つけておくことは御法度だった。当時はタイマーというものもなかったから、寝入る前に自分で止めなければならない。夜中、あまりの暑さに目が覚めて、もう一度、扇風機をつけるか、あるいは窓を開け、網戸にして再び寝床につく。すると十分も経たぬうち、「プーーーーン」と世にも苛立たしい羽音を鳴らしながら蚊が迫ってくる。暗闇のなか、目をつむったまま蚊が顔のすぐそばまで近づくのを待ち伏せし、ここぞというタイミングに、「バシッ」と顔面を叩く。薄目を開けて手のひらを確認してみるが、つぶれた蚊の痕跡はなし。諦めて再び眠りにつくが、まもなく「プーーーーン」。今度こそと思い、顔や身体のあちこちをバッシバッシと叩きまくるが捕まえることはできない。叩いた痛みだけが身体に残り、黒い蚊の死骸は見当たらない。とうとうタオルケットを身体にまきつけて、なるべく蚊に刺されないよう防御態勢に入るが、そうすると暑くて眠れない。

まあ、そうは言いつつ、いつのまにか眠りについたのだろう。しかし蚊の羽音というものは暑さをさらに不快にさせる。

田舎の親戚の家へ泊まりにいくと、夏は布団の上にゴザを敷いてくれたものだ。ついでに天井から蚊帳（かや）を吊ってもらった。私が育った東京の家に蚊帳というものはなかったので、まるで虫籠の中で寝るような高揚感に包まれて楽しかったし、ゴロゴロした感触のあるゴザも、背中の熱ですぐに蒸れるシーツよりはるかに涼やかで心地よい。ただ、その家には網戸がなかった。縁側に続くガラス戸を開けたら直接、外の空気が入ってくるが、一緒に蚊や蛾などの虫も大量に侵入するだろう。しかたなく閉めて寝ていると、

「まあ、あんたたち。ガラス戸開けて寝ればいいのに。これじゃ空気がこもるでしょう」

暑がりの伯母が団扇（うちわ）をせわしなく動かしながら、ガラス戸というガラス戸をすべて開け放つ。その潔さに気圧（けお）されて、抵抗することもできぬまま、虫籠のような蚊帳の中で身体を丸める。ときおり耳に届く蛾の羽音やバッタの気配を感じつつ、でもたしかに田舎の夜気はひんやりしていると実感しながら寝た思い出がある。

子供ながらに暑さ対策はいくつか心得ていた。なにしろ私はきょうだいの中でもとびきりの汗かきだった。朝、私の髪の毛をピンで留めておくと、夕方、帰ってきたときはそのピンが錆びていたと、母はよく呆れていた。私に「じょうろ」というあだ名をつけたのも母である。夏、私の手の甲からじわじわと、まるでじょうろの口から水が出るように汗が噴き出してくるという。

「ほら、見てみなさい。どんどん出てくる」

母にそう言われ、自らの手の甲をじっと見つめていると、小さな汗の水滴が体内から次々に溢れてくるので驚いた。それが真夏の電車の座席に母と二人で座っているときだったと、その光景がまるごと記憶に残っている。

汗かきの私は学校から戻ると一目散にお風呂場へ駆け込んだ。前夜のお湯が残っているのを知っていたからだ。もちろんお湯はすでにじゅうぶん冷めている。そのまったりと温い水風呂に浸かるのがなにより楽しみだった。

水風呂から上がると、愛用のワンピース（アッパッパと呼んでいた）に着替え、大股を開いて扇風機の上にまたがる。扇風機の風が服の下から上がってきて、たちまちアッパッパは風船のように膨れ上がる。冷たい風を独占する喜びの瞬間だった。

我が家にクーラーが届いたのはたしか小学三年生の頃だったと記憶する。ただし、二階の父の書斎に一台だけである。ときどき父が地方へ泊まりがけの仕事に出かけたときは、子供たちもその部屋で寝ることを許された。特別の日である。いそいそと自分の布団を父の部屋に運び込み、畳の床に敷き詰める。そしてクーラーのスイッチを押す。

ああ、なんて快適なんだ！

安堵と同時にささやかな恐怖もあった。いつも寝る一階の和室とは趣がまるで違う。ごつい父の仕事机。その上に置かれた原稿用紙。壁いっぱいの本棚。床に積まれた本や書類の山。加えて部屋に染みついた匂いが鼻をつく。タバコと本と、父の体臭も混ざっていただろうか。子供にとっては涼しさを得る代償として課せられた緊張感のようなものだった。

いつ頃だったか、親戚の伯母がお土産にかき氷の器械を買って持ってきてくれたことがある。青色をした鉄製の、高さ三十センチほどの家庭用かき氷器である。上部の器に氷を入れて蓋をし、ハンドルを回すと器の底についている刃が回転する氷を少しずつ削り、下から細かい氷が出てくるというしくみだ。一時期、一家のブームとなり、削った氷に小豆(あずき)を乗せたりシロップをかけたり、コンデンスミルクをかけたりして毎日のように楽しんだ夏がある。

そうだ、あのかき氷器、たしか実家から持ってきたはずだ。半世紀以上昔のものなのに、原始的なつくりである分、壊れることなく生き残っていた。よし、かき氷を作ってこの暑さをしのぐことにしよう。さて何味にしようかしら。

行列友だち

エリザベス女王の一般弔問の列は十キロ以上に及び、二十四時間以上並んだ人もいたと報じられた。なんという女王陛下の人気。イギリス人にとって彼女は別格の存在であったことを改めて認識した。あの笑顔、あの気品、あの動き（仕草や歩き方や人との対面の様子）、加えてウィットに富み、政治家にも一般人にも犬にも親しみやすく接し、しかし毅然とするときは毅然となさる。そんな女王陛下のお姿は、外国人の私が見ていても、「ステキなおばあちゃま！」と拍手を送りたくなった。ことに女王陛下が百歳の退役大尉トム・ムーア氏にウィンザー城にてナイトの爵位を直接授けたときの映像は、服装こそ現代的であったものの、まるで動く歴史絵巻を見ているようだった。あるいは女王陛下在位七十年を記念するコンサートでパディントンとお茶会を楽しむ動画が流れたときも驚いた。あのコミカルで愛情に満ちた女王様の演技は、主演女優賞を贈呈したいほどお見事だった。お祝いごととはいえ、こういう仕事を快くお引き受けになるエリザベス女王の器量の大きさに感服してしまう。

「女王陛下、実はパディントンと、ちょいとコントを演じていただきたいのでございますが……」

王室広報担当者からの要望に、

「あら、楽しそうじゃない？　いいわよん」

そんな軽薄な口はおききにならなかっただろうけれど、きっとそれぐらいのノリで応じられたのではないか。たしかにあの映像は効果絶大だった。イギリス人のみならず、世界中の人々の心をさらに深く女王様に惹きつけるきっかけになったにちがいない。

チョコチョコ歩きになられてますます女王の人気は上がっていったかに思われた。そしてまもなくの訃報。もうあのニコニコチョコチョコを拝見することはできないのか。私とて、もしロンドンに住んでいたら弔問行列の末尾に立ちたくなったことだろう。

もっとも私は行列に並ぶことが元来苦手である。どんなに人気のラーメン店だとしても、「並んでまで食べたいとは思わないわあ」と普段から豪語していた。街なかで店の前に行列ができているのを見るたび、「世の中には我慢強い人が多いんだなあ」と感心するばかりであった。実際、この間、新大阪の駅で在来線から新幹線に乗り換えて東京へ帰る折、「そうだ、お土産に名物豚まんを買って帰ろう！」と思い立ち、店の前まで辿り着いてみれば、なんたる行列。出発時間が迫っていたわけではないけれど、その長い列を見た途端、きびすを返した。

「しかたない。諦めよう」

そんな私が、ふかわりょう君の新譜のサイン会に赴いた。日曜日。渋谷のタワーレコードで午後三時から開催されると聞いた。毎週一緒にやっている生のラジオ番組の仕事を終え、「サイン会、頑張ってねー」とエールを送って別れたあと、私は四時を目処に現場へ向かった。四時頃には行列も短くなっているだろう。ちょこっと行ってちょろっと並んで、番が回ってきたら、マスク顔でうつむき加減に、

「お願いします！」

新しいCDをまっすぐ差し出し、ニンマリ顔を上げる。

「え、やだ、来てくれたんですか？」

ふかわ君を驚かせる目論見だった。が、辿り着いてみれば、長蛇の列である。驚いた。そして考えた。さてはて列をかき分けて本人のそばへ行き、お土産だけ渡して姿を消す

か。見渡すと、行列に並ぶふかわファンとちらちら目が合う。この人たちはいつからこうして並んでいるのか。そう思うと、割り込む気にはとうていなれない。とりあえず末尾につこう。そう思い、末尾、末尾と目を走らせながら行列の逆方向を辿って歩を進める。行列は六階のサイン会場を一巡し、裏の階段に到達し、さらに階段を下り、階段を下り、なんと四階の踊り場まで続いていた。こんなに人気モンだったんかい！　改めてふかわパワーに圧倒された。

列に並ぶ人々は誰もがマスクをつけ、スマホに目を落としたり本を読んだりして大人しく立っている。ときどき列が動く。人々は静かに前へ進む。いつのまにか私のうしろにも列ができた。もはや末尾ではなくなった。

サインをもらい終えたらしき若い女性たちが上階から階段を下りてきて、私のそばに近づいてきた。

「アガワさーん、ラジオ聴いてますすよ〜」

「ありがとう。ふかわさん、すごい人気だね」

「うん。でも、もう少しだよ〜」

「頑張る〜」

そんな会話をしていたら、私のすぐ前の女性がしばらくのち、

「もしかしてアガワさん？」

「はい、まあ」

「ラジオ聴いてます」

するとまもなくその隣の隣の人からも、

「ウチの母がファンなの。一緒に写真撮ってていいですか？」

「はい、どうぞ」

「僕も四時に来たらもう空いてるだろうと思ったけど、見誤りました」

「そうそう、私も！」

ふかわファンがこぞって私を相手にしてくれる。もちろん初対面である。それなのに、なんとも言えぬ親近感。もしかしてこの人たちと昔から知り合いだったかしらという気分になってきた。これは「一緒に並んで待っている」という同志意識ではあるまいか。こんなふうにお喋りしながら並んでいるとちっとも苦にならない。エリザベス女王の弔問行列に並んだ人たちも、きっと女王の思い出話なんぞで盛り上がりながら、悲しみを分かち合っていたにちがいない。

そして約一時間後。私は次の約束の場に行かねばならず、あと少しでふかわデスクに到達するというところでリタイアした。

「ごめんね、もう帰らなきゃ」

「気をつけて。ふかわさんに言っておくね。アガワさん来てたって」

私は行列友だちに手を振って、少し離れた場所からふかわ君にも手を振って、なんともいえずいい時間を過ごした満足感を胸にタワーレコードをあとにした。

放置の報復

靴棚の奥に真新しいスニーカーを発見した。おお、これは具合がいい。ちょうど軽井沢のボロ小屋の掃除に出かけようとしていたところだった。山道を歩くにはもってこいである。

昭和の半ば、軽井沢の端に建てた小さな山小屋を「もはや処分したい」と八十代になった父が言い出したとき、子供時分の夏の思い出がたんまり詰まった場所がなくなるのは切ないと思い、

「では、私に譲ってくだしゃんせ」

娘の私が申し出たところ、

「なんでお前にただで譲らなきゃいけないんだ?」

父が口を尖らせたので、

「じゃあ、わかりましたよ。ただで譲り受けると私が贈与税を払うことになるけれど、私が買えば父さんに所得税がかかりますからね。そこんとこ、よろしく」

悶着の末、私が父から古い別荘を買い取って、傷んだあちこちを修繕したり書斎スペースを増築したりして、きれいに蘇らせたのは二十年ほど前のこと。その後、頻繁に利用しようと意気込んでみたものの、昔の文士のごとく避暑地に長逗留(ながとうりゅう)などという優雅な使い方はなかなか叶わず、ほんの数日間の滞在を繰り返していると、あっという間に冬が近づく。

「そろそろ水道の元栓、閉めますよー」

地元の管理人さんから東京の自宅に電話がかかってくる。

山の急斜面に建つ我が小屋は、周辺の山道が凍結すると行き来もままならず、まして水道の元栓を開けっ放しにしておけば、中の水が凍って破裂する恐れがある。冬場の使用は不可能なのである。

「そうですね。もう今年は行く機会はなさそうなので閉めてください」

お決まりの秋の会話を何度交わしたことだろう。そのうちコロナ騒動が勃発し、夏場すら訪れることができなくなり、そのまま三年間放置してあった。

「家の中、蜘蛛の巣とカビとネズミのせいでかなり荒れていると思います。そろそろ来たほうがいいですよぉ」

管理人さんから報告を受け、とりあえず点検と掃除を目的に、新品スニーカーをはいて軽井沢へ向かった次第である。

家というのは人が住まないとみるみる朽ちていく。暮らしの中で傷む度合いより、使わないままにしておくほうが傷みは進むものらしい。不思議だ。もちろん蜘蛛やアリやネズミが暴れまわることも老朽化に拍車をかけるのであろうが、なにより室内の空気が動かないせいで、家が呼吸困難を起こすのではないか。窓を開け、陽差しを入れて、しばらく風を通すだけで、家が精気を取り戻していくのがよくわかる。

幸いなるかな、三年ぶりのボロ小屋は想像したほどのおぞましい状態にはなっていなかった。恐る恐る勝手口を開けて薄暗い家の中に足を踏み入れたところ、床にはネズミの糞も見当たらず、ところどころに蜘蛛の巣が張り巡らされ、カマドウマが留守宅を悠々と占拠していた痕跡はあるものの……と安堵した矢先、湿気のこもりがちなお手洗いの壁一面がカビで覆われていた。でもまあ、拭き取ればきれいになるだろう。

気を取り直してまずは慎重に雨戸を開け放ち（戸袋にスズメバチの巣がないかどうか

を確認する必要がある）、掃除機をかけ、床の雑巾掛けをして、蜘蛛の巣を始末し、カビを拭き取る。続いてベランダや階段に溜まった濡れ落ち葉をほうきで掃き出し、裏庭に散乱している小枝を集めてストーブの横に積む。家を出たり入ったりしながら作業を進めるうち、ふと足元を見て驚いた。勝手口の周辺やベランダに白く細かいゴミが散乱している。あれ？　さっききれいに掃き出したはずなのに。このゴミどもはなんだろう。ほうきを持ち出して始末する。まもなくまた、白く小さなゴミを土間に見つける。あれれ？　と思ってようやく気がついた。そのゴミは我が新品スニーカーから発生していたのである。スニーカーをはいたり脱いだりするたびに、内側の生地がボロボロと剝がれ落ちていた。下ろしたてとは言うものの、実のところ十年もののビンテージスニーカーだったのだ。

靴も家と同じである。新品であろうとも放っておくと劣化する。どれほど足を出し入れし、地面と対峙させても、頻繁に稼働させるほうが長持ちするということか。

そういえば、革靴でも同じような現象が起きた。少し前、大事にしまっておいたブランドもののショートブーツを箱から出してはこうとしたら、突然、木製のかかとの一部がぽろりと欠けた。さほど古いものではない。ただここ数年は腰痛のせいでヒールの高い靴を避けていた。ぺったんこの靴ばかりをはいて、ヒール靴へ愛を注いでいなかった。

ショートブーツだけではない。めったに出番のないパーティ用のハイヒールをはいて、ちょっと気取った会合に赴いたところ、家を出てまもなく、足音が急に高くなった。なにやら金属音がする。舗装された歩道の上を一歩進むたび、カッツカッツと言うはずのところ、キンキンと、まるで悲鳴を上げるかのごとく鳴り響く。しかも不安定で歩きにくい。どうしたことか。立ち止まり、細いヒールの裏を確認してみると、先っぽについているはずのゴムが両足とも消えて、金属がむき出しになっている。いつ取れた？ 振り返ってみるが、それらしきゴムのかたまりは落ちていない。このままキンキン音を立てながら社交をするべきか。家に引き返す時間はない。しかたなく会場に向かい、その日はできるだけかかとを地面につけないよう、つま先立ちで歩くようにした。おかげで翌日はふくらはぎの筋肉痛に苦しんだ。

結論。家も靴も放置してはいけない。家や靴だけではない。花木もペットも料理も子供もばあさんじいさんも友だちも。過度な干渉は害になるかもしれないが、いざというとき目の片隅に留まる程度のほどよい距離を保たなければ、あっという間に劣化する。

改札御礼

長野県の御代田町へ講演に出かけた。御代田は軽井沢の隣町である。こんな冬の季節に軽井沢方面へ出かけることはめったにない。さぞ寒いだろうとダウンジャケットを羽織って赴いたところ、駅のホームに着いたらさほど冷気は厳しくなく、ひとまず安堵する。

「新幹線で来てください。軽井沢駅まで迎えにいきます」

そう連絡してくださったのは、講演の仲介役を引き受けてくださった古い友人夫婦である。改札の向こうにそのご夫妻らしき年配男女と主催側の担当者とおぼしき男性、計三人が並んで立っているようだけれど、とりあえずご挨拶は改札を抜けてからにしよう。私は自動改札機に切符を滑り込ませる。そのまま歩を進める。と、たちまち、前がバタンと閉ざされて、

「乗車券を入れてください」

音声アナウンスが流れた。

チケットは乗車券と特急券、二枚重ねて投入したはずだが、一枚だけ前方の口から現れて、そして前が封鎖された。え、なんで？　しかたなく後ろへ引き下がり、今、出てきた一枚を再投入する。もう一枚は機械の中で、ひっかかっているのだろう。

チケットをスルリ、そして前進する。が、またもや観音開きになっているフラップドアが冷徹な音を立てて行く手を塞（ふさ）いだ。

「乗車券を入れてください」

だから、入れたってば！　私はムッとしつつも後ろへ退き、同じことを繰り返す。すると、バタン。

「乗車券を入れてください」

何度やっても改札口から抜け出せない。それを四回繰り返し、とうとう堪忍袋の緒が切れて、駅員室へ向かう。

「出られないんですけど」

「乗車券と特急券、二枚、入れてください」

「入れましたが、一枚だけが機械から出てきて、前を閉ざされてしまうんです」

「いや、だから二枚入れないと……」

そう言いながら部屋を出てくる駅員さんに、私は「ほら見て、こんな具合ですよ」と得意げに説明するつもり満々で、壊れた自動改札機のところへ戻り、ふと足元に目をやると、チケットが一枚、落ちていた。

「あら……」

壊れていたのは自動改札機ではなく、私であった。いつのまにか乗車券がヒラリと手元から滑り落ちたらしい。

「すみませんでした。落ちてました」

駅員さんにお詫びして、晴れて改札口から解放される。

「お待たせしました」

体裁悪く、待ち人たちの前で頭を下げた途端、友人の奥様が私の肩を小突いた。

「やだ、もう！　アガワさんだったの？」

いっこうに改札口を抜け出せないマスク顔のちっこいオバサンの姿を認め、先刻よりご主人が、

「あれ、アガワさんじゃないの？」

呟くたびに、

「違うわよ。アガワさんはあんなにドジじゃない」

奥様が否定するが、ご主人は、

「いや、アガワさんでしょう」

「違うってば」

夫婦でさんざん言い合って、延々待って、そして出てきてみれば、まさかのアガワさん。

自動改札機というものが設置されて何年ぐらい経っただろう。導入されてまもない頃、友達から聞いた話がある。

「ある駅の改札の近くでおばあさんと駅員さんが言い合いをしているの。なんだろうと思って聞き耳を立ててみたら……」

駅員さんが「切符はどうしたんですか？」と問うのに対し、おばあさんが答えたそうだ。

「さっきの駅で送っておいたけど」

その話を聞いたとき、大いに笑ったものである。でもそうだよね。高齢者って、ああいう機械にはなかなか馴染めないよねえ。

笑われる歳になりにけり。

かつて、改札口はボックス型だった。その中には駅員さんが一人。日がな一日、目の前を通過する乗降客の切符に独特のハサミを使い、確実に狙いを定めて切り込みを入れていた。それはまさに立派なパーカッション芸であった。リズムをつけ、ときにボックスの縁をハサミで打ち、ときにハサミをクルンと回転させ、そして客が差し出す小さな切符目がけてパチンと切り込みを入れるのだ。今の時代にあの芸をYouTubeで流したら確実に「いいね！」を十万回ほど獲得するだろう。

でも当時、彼らはれっきとした仕事としてその芸を続けていた。切符を切るだけではない。鋭く目を光らせ、すばやく切符を確認し、ときどき、

「もしもし、キセルですよ、それ」

厳しくチェックもしていたのだ。なんという優れた能力であったことか。

当時の駅員さんは怖かった。こちらが子供だったせいもあるけれど、威厳に満ちていた。威張った駅員さんがいいというわけではないけれど、今どきは客が威張りすぎては

いないか。権利を主張することばかりに熱中しているように見えてならない。

怖そうに見える駅員さんがたまに優しくしてくれると無性に嬉しかったものだ。中学時代、私は横浜の田舎に住んでいて、そこから私鉄と地下鉄を乗り継いで六本木にある女子校に通っていたのだが、早朝、慌てふためいて家を出て、最寄りの私鉄駅の改札を通過する頃合いはまだ、ボックスに駅員さんがいないことがある。私は定期券だし、激しく急いでいるので駅員さんに見せる必要もなかろうとそのまま改札を通過して電車に乗る。が、六本木の駅に到着し、改札を通ろうとするとき初めて気づくのだ。

「しまった、定期を忘れた！」

恐る恐る改札口にいる駅員さんに、「あのー、定期券を忘れました」と申告すると、表情一つ変えないが、

「明日、見せて」

その無愛想な一言に、女学生はどれほど救われたことだろう。お名前も伺いませんでしたが、その節はまことにありがとうございました。

シャッタータイミング

写真を撮るのは苦手だった。自分には写真を撮る才能がないと、ずっと思い続けてきた。

あれは父と二人でヨーロッパを旅したときのことである。たしかベネチアからインスブルックへ列車で移動中、車窓に忽然と美しい雪山の景色が現れた。白く鋭くそびえ立つ山々が陽の光に照らされて、こちらに迫ってくるほどの勢いだ。

「うわ、すごーい！」

私は急いで小型カメラを構え、窓の外へ向けた。当然のことながら列車は走っている。景色は刻々と移っていく。レンズの中の雪山は、肉眼で見るそれよりかなり小さく映った。これでは迫力に欠ける。列車がカーブを抜け、もう少し山の姿が大きくなったタイミングを狙いたい。山の位置が動くのに合わせてレンズの向きを移動させる。今か、いや、もう少し。今だ、いや、あと少し。シャッターチャンスを狙い、逡巡（しゅんじゅん）し、押しそびれるうちに、神々しき雪山はどんどん遠のいて、前面の稜線の陰に隠れてしまった。あのとき、はっきり自覚したのを覚えている。

私には写真を撮る才能がない！

きちんと勉強すれば、少しはうまくなったかもしれない。しかし、生来の怠け癖が災いし、私は学習する努力を怠った。そもそも優柔不断な性格の人間には、的確なタイミングにシャッターを押すことはできないのだと思った。写真は、上手な人に任せよう。世の中にはカメラが趣味という人は大勢いる。旅の写真も記念写真も、撮っておきたいと思う場面には必ず、そういう人が一人や二人、いるものだ。

「撮ってください。お願いします」

そういう立場に徹しようと心に決めた。

昔々。長嶋茂雄監督にインタビューするため、キャンプ地であった宮崎球場の周辺を歩いていたときのこと。タタタと中年の女性が近づいてきたと思ったら、

「撮っていただけますか？」

頼まれた。私は一瞬、驚いたのち、

「あ、いいですよぉ」

快諾し、前髪を整えていたら、女性からさっとカメラを手渡された。私の手にはカメラがある。女性は小走りで私から少し離れると、デーブ大久保さんと並んで立っていた。

あ、そういうことでしたか……。

「撮りますよぉ。はい、チーズ」

「もう一枚、お願いします」

「わかりました。では、はい、チーズ」

「ありがとうございました」

女性は私からカメラを受け取って、にこやかに立ち去っていった。黙って横で待機していた仕事仲間の女性が静かに言った。

「アガワさん、案外、有名人じゃなかったね」

閑話休題。写真を撮るのが楽しくなったのは、スマホを持って以降である。おそらくスマホはシロウトでも上手に撮影できるよう作られているのだろう。一応、画質の種類やフラッシュのありなしや、景色とポートレートの選択など、細かい付属機能がある。でもそういう機能を利用したことはほとんどない。写真を撮るときは「写真」モードにし、動画を撮るときは「ビデオ」モードにするだけ。それでもけっこういい写真が撮れる。

元旦にご近所の仲良し家族に誘われて、マンションの屋上から初日の出を拝んだ。屋上へ上がれば初日の出を見ることができるのは以前より承知しており、何度か通ったけれど、ここ数年、サボっていた。眠いし寒いし、まいっか。そう思っていた矢先にお誘いを受けた。

やはり新年の朝は格別に清々しい。万全の寒さ対策をした上で、薄暗い東の空をじっと見つめるうち、じわじわと周囲が赤く染まり出し、そしていよいよまん丸いオレンジ色に光る球体が姿を現す。にわかにありがたい気持になる。その場に集った人々がそれぞれにカメラやスマホを向け、シャッターを押す。私も皆に倣って自らのスマホを構え、一枚、そしてもう一枚、ついでに一枚、おまけにもう一枚。

「どうかなあ」

ビルの谷間からゆっくり昇ってくる丸い光がしだいに大きくなっていく。その過程を四枚ほど撮ってみたが、空気がもやっているせいか、あまり明瞭には撮れなかった。仲良し家族のお母さんに見せると、

「いいえ、アガワさん、上手ですよ」

「あら、そう」

褒められて見直すと、自分で言うのもナンですが、たしかに悪くない。オレンジ色の光の輪郭が広がって、周辺の高層ビルの窓を抜け、四角く輝いているところも面白い。

そうか、やっぱり上手かしら……むふふ。

今回だけでなく、今までにもときどき私の写真を褒めてくれる人がいた。そのたびに私は喜ぶ。ますます撮影熱が増す。満月の夜にはバルコニーからシャカ。ゴルフ場できれいな花や紅葉を見つけるとシャカ。ときどき自作の惣菜をシャカ。でも、レストランで運ばれてきた料理を撮ったりそれらの写真をインスタで公開したりする趣味はない。いわば自分のための写真日記である。

人物を撮らないわけではないけれど、スマホを向けたくなるのはもっぱら自然の草木や風景だ。季節季節に移り変わるそれらの景色を撮るうちに、撮る要領がちょっとだけわかってきた気がする。光の選び方、アングルの取り方、大きさ、背景の入れ具合……。楽しい。こんなに楽しいと感じられるのに、なぜ私は今まで写真を撮るのが苦手だと思い込んでいたのだろう。去年撮り続けてきた写真の数々を見返しながら考えた。そして判明した。

スマホカメラは何枚撮ってもやり直しがきく。その場で確認し、気に入らなかったら削除すればよい。一方、フィルム時代は一枚撮るたびに不安になる。ちゃんと撮れているかしら。でも念のためと思ってたくさん撮ればお金がかかる。だからシャッターチャンスを厳選する。躊躇する。そして雪山は去っていく。

すべてはケチのなせる業だったのだ。ケチ根性ゆえシャッターが押せなかったことに、今さらながら気がついた。

ポカポカ再見

寒い日が続いている。節電の要請も続いている。と思ったら、「高齢者は部屋の温度が低いとヒートショックを起こす危険性が高い。トイレや脱衣所は特に暖めておくよう心がけましょう」とメディアが言い出した。

どっちなんだい？

暖房をガンガンつけて部屋を暖めるべきなのか。それとも暖房はなるべくつけないようにして、電力使用を最低限に抑えるべきか。

世の中はいつも同時に正反対のことを声高に唱える。経済を成長させなければならないと叫びつつ、地球に優しい質素な生活をしろと言う。高血圧や肥満の人に対して「料理は無理に食べないで残すことが大事」と指南していたと思ったら、最近はもっぱら食品ロスの問題を取り上げる。

どっちなんだい？

怒ってもしかたがないので、寒い問題に戻す。部屋を暖めろと言われても、やはり電気料金が気にかかる。なるべくエアコンをつけず、身体を温める方法はないものか。厚手の靴下をはき、毛糸の帽子を頭に乗せ、毛布を腰巻きのように巻き、台所で料理をする際は鍋の横からもれるガスの火に手を当てて暖を取る日々である。

エアコン以外で電気代のかからない暖房器具といえば……、電気ストーブは電気だし、ガスストーブはガス栓が必要だ。そういえば石油ストーブというものが昔は各家庭にあった。子供の頃、石油ストーブの炎が好きだったことを思い出す。あれは神秘の世界だった。ガスほどの勢いはないが、丸く優しく燃え上がる青い炎には魔法の力が宿っているように思われた。芯を出しすぎると赤くなる。芯を控えると消えてしまう。ほどよい高さにして、最も美しい青色にするのがコツだった。

石油ストーブの利点は部屋を暖めるだけでなく、上で調理ができることにあった。普段はやかんをかけて部屋の乾燥を防ぐが、やかんを下ろして鍋を置けば、そこで料理ができた。小学生の頃、私はもっぱら石油ストーブの上で料理を覚えた。高さがちょうどよかったし、母の台所仕事の邪魔にならない。学校から帰ると私は小さな片手鍋に卵を割り入れ、砂糖と醬油少々を加えて菜箸でよく攪拌する。半熟炒り玉子を作るのだ。ストーブの上に鍋を置き、菜箸でときどき混ぜながら様子を窺っていると、底から少しずつ卵が固まってくる。急いでかき混ぜる。それを何度か繰り返すうち、卵全体がフワフワに仕上がっていく。余熱で固くなりすぎないようにするためには、多少軟らかすぎるかと思われるあたりで火から下ろす必要がある。そのタイミングが難しかった。

いい具合の半熟炒り玉子ができたら、そこへ細かく切ったキュウリと紅生姜、前夜の残りの冷やご飯を投入する。アツアツ甘い炒り玉子と冷たいキュウリと酸っぱい紅生姜と冷たいご飯が絶妙なハーモニーを醸し出し、この炒り玉子ご飯を思いついた私は「天才か！」と自画自賛した。

懐かしき石油ストーブを買うか。でも、もの忘れの頻繁なる二人暮らしで石油ストーブ生活を始めたら、いずれ火事でも起こしかねない。うーむ。悩んでいるとき、思い出した。

そうだ、湯たんぽがあったぞ。

実は去年の冬にネットで購入したのであった。忘れていた。寒さ厳しい今年こそ、活躍すべきタイミングである。

それは昔ながらの金属製の湯たんぽとは違い、ミッキーマウスの靴のような恰好をしていて、色は黄色でなく赤。素材はゴムである。そもそもウエットスーツの製造会社が開発したものらしく、「断熱性と保温性にすぐれている」と謳っているが、加えて水漏れの心配もない。ショートブーツ型であるから、靴同様、左右二足でワンセットになっている。

くるぶしのあたりにキャップがついていて、取り外して現れた穴にお湯を注ぐ。ブーツ全体にお湯が行き渡り、足を突っ込むと、おお、なんとポカポカであることよ。

これを左右の足にはき、座って作業をしたり、はいたまま歩き回ったりすることもできる。ただ、歩くとけっこう重い。ついでにぽっちゃんぽっちゃん音がする。子供の頃、土砂降りの雨の中を歩いているうちに運動靴に雨水が溜まり、ぽっちゃんぽっちゃん音をさせながら歩いたことを思い出す。それはそれで楽しい記憶ではあるけれど、なにせ重い。ロボコップになった気分だ。そのうち、歩いては使わなくなった。椅子に座っているときは都合がいいが、立ったり座ったりを頻繁に繰り返す私には少々無駄が生じる。

そこで思いついた。

そうだ！　そもそも湯たんぽは布団の中に入れて使うものだった。その本来の役目を与えればいいのではないか。

そろそろ床につこうと思う頃、左右それぞれにお湯を注ぎ入れ、片足ずつ夫婦それぞれのベッドの、掛け布団の下に突っ込んでおく。

これは妙案であった。今や私は布団に入ったとたん、「あああ、しあわせー！」と毎晩、大声で叫んでいる。毎晩、布団に入って身体を丸めてブルブル震える必要がなくなった。銃弾が飛んでくる恐怖に怯えることもなく、どれほど政権批判をしてもつかまる心配なく、ときどきぐらぐらっと地震が発生すると怖いけれど、明日までの原稿が書けていない、インタビューの資料読みが間に合わないと心を痛めつつ、すべての憂いを放り出し、暖かい布団に潜り込める幸せに感謝しなければバチが当たる。湯たんぽちゃん、ありがとう！

しかも不思議なことに、湯たんぽを入れた暖かい布団で眠りにつくようになって以来、夢がバラエティ豊かになった。毎晩、大スペクタクルが瞼の奥で繰り広げられる。昨日見たのは、巨大な鳥と一緒に空を飛んでいる夢だった。こよなく気持よかったぞ。

そんな話を友にしたところ、「あら、ウチは昔から電気毛布を使っているから布団はいつも暖かいの」とのたまいやがった。へへへ、でも電気毛布は電気を使うではないか。

湯たんぽはお湯ですぜ。そう返すと、

「お湯を沸かすのに電気使うでしょ」

ごもっともでした。

ロケ楽し

久しぶりにテレビ番組のロケに参加した。ロケとはすなわち、スタジオの外へ出て番組の内容に即した取材をすることだ。何年ぶりだろう。ロケは基本的に大変である。早朝から日暮れまで、ときに一泊二日ほどの時間をかけ、テレビスタッフともどもあちこち訪ね回ってレポートをしたり、行く先々でインタビューをしたり、カメラの前で解説したり、身体を張って何かに挑戦したりしなければならない。どんなにオモシロおかしい番組であろうとも、けっこうなハードワークとなる。フットワークの軽かった若い時分ならいざ知らず、寄る年波に腰が引けていたのは事実である。私より歳上のタモリさんやデヴィ夫人が積極的に取材に出かけておられる姿を見るにつけ、偉いもんだといつも感服していた。

とはいえ、「ロケはやりません!」と宣言していたわけではない。たまたま今回はタイミングが合った。同じ番組でかつて何度かロケの依頼をいただいたのにスケジュールが合わず、いつもお断りしていた引け目もある。一緒にロケをするのが爆笑問題の田中裕二君と聞いて、これは頼りになると安堵したところもある。

「はい、行きます!」

快くお引き受けし、当日、集合場所に到着する。と、担当ディレクターのN子ちゃんが、

「朝早くからすみません! でも、今回、アガワさんが参加してくださるって聞いて、みんな本当に喜んでます」

なんでじゃ? そんなに「ロケをしない」イメージが定着していたのだろうか。美空ひばりじゃあるまいし、私はそれほど大御所ではないぞよ。それにしても彼女とて、私よりよほど早起きをして準備をしていたに違いないのに、なんと爽やかな笑顔であることか。お世辞半分としても、朝一番にそんなモチベーションの上がる言葉を出演者にかけてくれる若いディレクターの心意気に感動した。閉塞感漂うテレビ業界の希望の光だ。いや、今後の日本を明るい方向へ導いてくれそうな予感がする。ちょっと大げさか。少なくとも、私も今日は頑張るぞという意欲が湧いてきた。

N子ちゃんの指示に従って小ぶりのロケバスに乗り込む。が、他に乗客が見当たらない。どうやら私と私の関係スタッフ、つまりメイクアップ係のマイちゃんと、スタイリストのユリちゃん専用のバスらしい。あとは助手席にN子ちゃんが座り、運転手はニコニコした若者という総勢五人だ。

「え？　他のスタッフや出演者の方々は？」

「それぞれ別のバスで行きます」

ちなみに私のバスには二番のシールが貼られている。車内を見渡すとメイク用の化粧台はあるわ、クーラーボックスはあるわ。

「インスタントですが温かいコーヒー、紅茶、ココアも用意していますので、どうぞ」

なんという贅沢感。こんなロケバスに乗るのは初めてだ。ハリウッドスターみたい。ホホホ。昔はロケに行くとなったら、だいたいテレビクルーを含めて全スタッフが大きなバス一台に乗り込んで、団体旅行の体（てい）で目的地へ向かったものである。

私が初めてレギュラーとしてテレビの仕事に関わったのは、報道系の番組だった。取材のイロハもわからぬシロウトが、なぜ報道番組のアシスタントを任されることになったのか。未だによくわからないけれど、雇った側も、コイツをどう扱おうかとおおいに

戸惑ったと思われる。生放送のスタジオワークに少し慣れた頃、

「そろそろ取材に出てみるか?」

プロデューサーから声をかけられた。

「え? 取材ですか? どこへ?」

「とにかく行ってこい!」

こうして私はクルーとともにロケバスに乗り込んだ。そのときの話は前にもこの連載に記したので詳細は省くが、私の初ロケは、寒くて苛酷で情けなかった。真冬の夕方、仕事帰りのサラリーマンの足を止め、インタビューをするというものだ。

「あのー、ちょっとよろしいですか。お急ぎのところすみません」

なるべく相手に失礼のないよう、ついでに、できれば優しそうな人がいいなと願いつつ、マイクを持って恐る恐る近づいてみるものの、簡単に芳しい答えを引き出すことはできない。下手な鉄砲も数撃ちゃ当たると信じて、その日は総計百人近くにインタビューをしたが、番組で使われたのはほんの二、三人だった。

ニューヨークでアメリカ大統領予備選の投票所にて出口インタビューをしたこともある。拙(つたな)い英語で、「どなたに投票なさいましたか?」と聞き出すのが私のタスクだった。

一人のご婦人がインタビューに応じてくれ、私は彼女の顔を見ながら、「アーハン、アーハン」と笑顔で頷き、「サンキュー　ソーマッチ」と愛想良く見送った。すると、そばで聞いていた英語堪能なる現地スタッフの青年が、去って行く婦人の後ろ姿に向けて苦笑いをした。

「怒ってましたねえ」

え、そうだったの？　すなわち、「なぜ誰に投票したかを答える必要があるの？　まったく失礼極まりない！」とご婦人は延々と私を叱りつけていたらしい。が、英語力に欠けるインタビュアーは、彼女は延々と政治的な意見を述べているとばかり思っていた。理解していたらビビって質問を中断したと思うが、知らぬが仏。あとで肝を冷やした覚えがある。

あの頃のロケと比べたら、なんと楽しく明るく気楽なことか。進行力に長けた爆笑問題の田中君がすべて上手に仕切ってくれる。私はときどき思いついた質問や意見を挟めばよい。

今回は川越市にある古いお寺、喜多院を訪ね、寺院の敷地内に残る江戸城の一部を観覧し、徳川家康が整備した神田上水の仕組みを知るため本郷にある東京都水道歴史館に赴き、また服部半蔵が開基したという四谷の西念寺で徳川家とのゆかりを伺うのがロケの目的であった。いずれの場所も、こんな機会を与えられなければ訪れることはなかっただろう。仕事とはいえ、個人的にも得るところが多かった。たまにはロケもいいもんだ。

遅咲きコロナ

マスク着用の義務は緩和され、旅行も多人数の会食も卒業式も入学式も国歌斉唱もできるようになり、分類が2類から5類へ移行しようというこの期に及んで、なんで？　なんと間の悪い女であることか。

陽性反応が出た途端、頭をよぎるのは、その先七日間の仕事や会合の予定である。各所にスマホで伝えると、

「今さらコロナとはお気の毒……」

「あら、コロナ忘れかけていました」

「もうすっかりマスクなしに移動してたけど」

などと、もはや世間におけるコロナの脅威は確実に薄れつつある現実を叩きつけられる。そりゃ、そうですよね、今さらですよね。

思えば昔から流行に乗り遅れるタチだった。ピーター、ポール&マリーを好きになったのも解散寸前のことだったし、ビートルズの良さを知ったのは、はるか大人になってからである。ちなみにビートルズが来日したとき、私は中学一年生だった。あんなガンガンうるさいエレキギターを弾く歌い手は不良だと大人たちは眉をひそめ、私もそうに違いないと素直に信じたせいである。

仕事を始めたのは三十歳。仕事を面白いと感じ始めたのは四十歳。まさか結婚がこれほど遅くなるとは思っていなかったけれど、概して同世代から十年遅れて（もっとか）反応する傾向がある。

そもそも流行には乗りたくないというあまのじゃくな気持がある。ファッションにおいても、「へえ、こんなものが今年は流行るの？」と横目で眺め、「誰も彼もが同じような格好をしちゃってさ」と批判的に睨み続けるうち、ちょっとだけ自分も試してみようと思う頃には、すっかり流行が廃れているという有り様だ。コロナもしかりか……。

この三年間、一度もかかることなく乗り越えてきた。行動を控えていたわけではない。むしろ、おおいに動き回っていたほうだろう。緊急事態宣言期間は別にして、テレビや雑誌の仕事はリモートを含めてなんとか継続してきた。丹念な手指消毒や検温、マスク着用など、それなりの備えに怠りはなかったと思うが、極端に神経質になった覚えはない。かかるときはかかる。いや、たしか第四波が到来したあたりから、まあ、いずれ自分もかかるのだろうなあと、半ば諦めていた。

にもかかわらず、一度も陽性反応が出ることなく、ついでに、喉が痛んだり頭痛がしたりといった症状すら表れることなく、むしろコロナ以前より健康だった。

「よく私、かからないで済んでいるよね。こんなに人と会ってるのに」

仲間内でよく話したものだ。自分は案外、免疫力が高い人間だったのかと、かすかに自負していたきらいもある。なのに……。

自らがかかってみて、思い知ったことはたくさんある。もちろん個人差があるし、年齢や体質や性格（つらいと思うレベルなど）によっても違うだろう。けれど、はっきり自覚したのは、「コロナはコロナ。インフルエンザや風邪ではない。舐めたらいかんぜよ」ということだ。

家族の中で最初に高熱を発した同居人を病院へ送り込み、その時点では自覚症状のなかった私も検査をしてみたら、まんまと陽性反応が出た。帰宅して、最初のうちは元気だったが、翌日からじわじわと熱が上がり、鼻の奥がひりひり痛み出し、喉に痛みが出て、咳が止まらなくなり、身体中が倦怠感に襲われた。ことに喉の痛みがつらかった。唾を飲み込むときはしばし覚悟を決め、切腹する武士の心境に思いを馳せた。大げさに聞こえるかもしれないが、大げさではない……と思う。

　すべきことは寝ることと食べること。そして水分を摂ること。コロナ経験者の友人知人から次々にメールでアドバイスが届く。

「結局、コロナウイルスに効く抗生物質のような治療薬はないから、解熱剤や痛み止めやのど飴でしのぐくらいしか対処のしようはないんですよ」

　そうか、なるほど。

「水分補給はしっかり。ただし、いっぺんにがばがば飲まないこと。大量に飲んでも胃ががばがばするだけで、オシッコで出ていっちゃいます。数口ずつね」

　たしかに私は最初のうちがばがば飲んだ。が、やたら頻尿になるばかりで、むしろ体力を消耗した。

　そしてアドバイスの決定打となったのは、親戚の優しいお嫁様、キクちゃんからの一言だ。コロナに感染し、ひどい目に遭った経験があるという。

「私は隔離期間が十日から七日に変わったときに罹患。十日も仕事休めないと思っていたので良かった！　と言ってたんですが、七日休んで出勤したら、十日休みたかった、いやそれ以上に休みたいと感じました。だるさが尋常じゃなくて、咳が完全に治まったのも本調子になったのも一ヶ月後でしたから。隔離が終わったと思ってどんどん仕事を入れたりしたら、倒れますよ！」

隔離期間が過ぎたらケロリと元気になるものだと思っていたが、違ったのか。

そういえば以前、別の友達が、「こんなに喉が痛い経験をしたのは初めて。もう二度とかかりたくない！」と、コロナ感染中に息も絶え絶えの声で電話をしてきたことがある。あのとき、もっと同情してあげればよかった。その痛みがこれだったのね。

七日間の隔離期間は経済活動面でいえば妥当な線であろうけれど、身体の回復状態から見ると、コロナはかなりの「肥立ちの悪さ」を残すらしい。くだんのキクちゃんいわく、

「これは私の個人的な意見ですが、インフルエンザは特効薬があるから罹患中に菌がなくなりますが、コロナの場合、どうも長らく体内に居座る感じです」

どれほど頭で知ったつもりになっていても、体験しないとその痛みやつらさはわからないものだ。他人様の痛みに寄り添うことは難しいと、改めて思い知ったとすれば、コ

ロナにかかった意味はあったかもしれない。まだかかっていないけど、もう大丈夫だろうと思っているあなた、油断大敵ですぞ。

夢の住処

コロナに感染する少し前、住処(すみか)を移した。歳を重ねるほど引っ越しは大変になると聞いていたが、本当だった。

まず引っ越しに必要な足腰の力が格段に衰えている。にもかかわらず、若いときより持ち物がはるかに多い。段ボール箱に詰め込んでも詰め込んでも、抽斗や簞笥(たんす)や棚やトランクルームから出てくる出てくる、キリなく出てくる。なんでこんなガラクタを後生大事に取っておいたのだろう。この数十年、ほとんど目に留めたこともないようなシロモノばかりである。以前の引っ越しの際に詰め込んで、そのまま放置していた段ボール箱もいくつかある。長い年月、開けずとも普段の生活にまったく支障をきたすことのなかった荷物は要らないも同然だ。

ええい、いっそ捨ててしまえ。

一瞬、威勢良く叫んでみるが、まあ、いちおう確認しておこう。気弱な自分が顔を出し、ほこりにまみれた蓋を開けるや、浦島太郎となりにけり。一気に老け込むわけではなく、むしろ数十年のときを経て、心が若返る。

「あら～、小学生時代の日記だわ。けっこう真面目につけていたんだなあ」

昔の年賀状の山。友達から届いた手紙。母が旅先から送ってくれた絵葉書……。

「学生時代のラブレターも出てきたぞ。おっほっほ」

床に座り込んで一通一通を読み返すうち、胸が熱くなる。思えば昔は誰もが丁寧に字を書いて文を交わしていたのだ。内容もさることながら、手間のかかった仕事に感心する。今や手書きの便りを受け取ることも、自ら書くことも少なくなった。あらゆるやりとりがネット上で行われる時代だ。きれいな字で綿々と綴られた手紙には希少価値がある。人類の歴史の証だ。やはり捨てるわけにはいかないか。こうして古い手紙類は再び段ボール箱の中に戻すはめとなる。

それでも心を鬼にしてかなりの数の書籍、古いビデオ、古びた家具、滅多に使わない皿やコップ、電化製品、着なくなった衣類、賞味期限を過ぎた調味料や佃煮などを大量に処分、あるいは他人様に譲り、あるいは買い取り業者に引き取ってもらい、だいぶ減ったと思ったのにもかかわらず、新居に移ってみれば、収めるスペースが圧倒的に足りない現実にぶち当たる。もっともそれは織り込み済みのことだった。

そもそも引っ越しを決めたのは、次の契約を交わすと家賃が上がりそうな気配を察したからだ。仕事も減りつつあるこのご時世に家賃負担を大きくする余裕はない。終活準備というほどのことではないが、ここらで生活規模を小さくするのも手だと思い至った。

さて次はどんな家がいいか。もはや夫婦ともども立派な高齢者。おそらくこの引っ越しが人生最後のものとなるであろう。つまり終の住処だ。そう思うと、別の夢が膨らむ。

親の家を出て四十年。七回の引っ越しを重ねた。その都度、「理想の住処」と「家賃」と「タイミング」の狭間で迷い、さまざまな妥協と決断を繰り返してきた。間取りや生活環境は別にして、「富士山が見える」「夕日を拝める」「窓の近くに緑が茂っている」、そしていつか死ぬまでには一度くらい、「海が見える家」に住みたいというのが私の理想であった。

これまで富士山と夕日は三つの家で叶えた。今回の引っ越し以前に住んでいたマンションは、バルコニーの真ん前に大きな桜の木があり、毎年三月末から四月にかけて、外に花見に出かける必要もないほど美しい景色を愛でることができた。桜と別れるのは忍びないけれど、もうじゅうぶんに堪能した。となれば……。

「まだ『海の見える家』に住んでいないぞ！」

さっそく不動産屋さんに相談を持ちかけた。

「都心からさほど不便でなく、低層マンションで、でも海が近くにある賃貸物件。家賃はこれぐらいで広さはこれぐらいで、さらに夕日と富士山を拝めればなお嬉しい」

一気に条件を掲げると、不動産屋のおにいちゃんが絶句した。

「なかなか厳しいですねえ」

それでもおにいちゃんは頑張って、いくつも物件を提示してくれた。内覧に赴くと、

「うーん、ステキだけど……」

せっかくのオススメではあるものの、なかなか心が決まらない。そもそも、「海の見える」物件を私の条件内で見つけるのは難しいらしい。やっぱり無理か……。

「終の住処として海の見える家に移りたいんですよねえ……」

仕事仲間やゴルフ仲間の前でそれとなく呟いてみる。

「それなら私の知人で逗子の小さなマンションを人に貸したいって言ってる奴がいますよ」

そういうオイシイ話がどこかに転がっているかもしれないではないか。期待した。しかし期待に反して返されたのは、

「あなたね、高齢者になればなるほど、便利なところに住むほうがいいよ。海が見える家なんて、そりゃしばらくは快適だろうけど、病気にでもなってごらん。足腰はさらに弱るんだよ。住むなら病院とスーパーが近い家。それに限る！」

私より人生経験豊富な方々が皆さん、異口同音にそうおっしゃる。何度もおっしゃる。私は心の片隅にさざ波の景色と音色への未練を残しつつ、決心した。

新たな部屋から海は望めない。そのかわりスーパーは歩いて二分、病院も近くにある。ついでに夕日と小さな富士山をビルの隙間に拝むことができる。間取りが小さくなり、生活が少しコンパクトになった。そして引っ越し二ヶ月を超えてなお、段ボール箱の片付けに追われている。

人生は妥協の産物だ。何かを手に入れれば何かを捨てなければならない。叶わぬことがあるから明日への意欲が湧くというものだ。夢は一つくらい残しておいたほうがいい。いつの日か、波の音を聞きながら朝ご飯を食べられるかもしれないのだから。たとえそれが施設であったとしても。

いつものいつや

いかがですか、新しい住まいは？　少しは慣れましたか？　引っ越しの報告をしてしばらくすると、各所から同じ質問をいただく。まあ、そうですねえ……。廊下に積み上げられて未だに収納場所の確定しない段ボール箱の景色を除けば、それなりに慣れたような気はする。大きな後悔はないし、夕日や富士山を拝める新たな楽しみも増えた。自らの書斎もベッドルームも台所も、使いやすいようモノの置き場を決め、そこそこ落ち着いたつもりだ。が、そんな日常を送っている合間にふと、以前の生活習慣が身体に蘇る。

たとえばガスコンロの火のつけ方と弱め方。前の家ではつまみを奥に押し込んで数秒間待ってから回すと火がついた。ところが新たなガス台は、つまみを左に少し回して三秒。その後さらに回すと火がつく要領になっている。しかも以前は最弱火の状態で固定できたが、今は固定されない。弱めていくとあっという間に火が消える。その代わり、強火にして鍋をかけ、少しでも場を離れると自動的に弱火に切り替わる。おそらく火のつけっぱなしを防ぐためであろう。ありがたいつくりではあるが、馴染むまでに時間がかかる。

たとえばお手洗いの流し方。前は便器の後ろのタンク横に流すための取っ手がついていたが、今はついていない。代わりに壁に備え付けられたリモコンに各種スイッチがある。用を足し、つい以前のルーティーンで身体を動かす。すなわち、まず蓋をして、身をかがめ、便器の後ろの右横に手を伸ばす。が、そこには「流すレバー」がついていない。そうだった。今のトイレは操作がすべてリモコンになっているのだ。思い直し、壁のリモコンを凝視する。が、文字が小さくて老眼の私には読めない。目を細め必死に読み取ろうとするが、どれが「流す」でどっちが「お尻用シャワー」でどっちが「ビデ」なのやら。他にも小さな文字と記号であれこれ書かれているが、下手なボタンを押したら大変なことになる。ああ、見えないのだよ。

そもそもトイレはどうして機種によって水を流す仕組みが異なるのか。外でトイレへ行って、流すスイッチが見つからずに困った経験は何度もある。

だいぶ以前、対談をするため某ホテルの一室でゲストを待っていたときのこと。まもなくゲストが到着する時間だというので、

「今のうちにトイレに行ってくるね」

担当編集者にそう告げて、部屋の中にあるトイレに入った。ほどなく用を済ませ、いざ流そうと思うが、はてどこにスイッチがあるのか見当たらない。あれ？　あれ？　おかしいなあ。探しているうち、外が騒がしくなった。挨拶を交わす声がする。どうやらゲストが到着したようだ。するとその女性ゲストの透き通る声が届いた。

「ちょっと先にお手洗い、お借りしまーす」

たちまち担当君が、

「あ、今、アガワさんが……」

当のアガワさん、とっくに用を済ませてはいるものの、スイッチを見つけることができないのである。焦る、焦る、焦るほどに見当たらない。しかたなく便器に蓋をし、流さないまま個室を出て、

「すみません、お待たせして。流す場所がわからなくて……」

情けない気持で弁明すると、その女性ゲストがにわかに目を輝かせた。

「あ、私、そういうの得意です！」
颯爽とトイレに向かいドアを開け、まもなく「ああ、ここにありますよ」。
そしてそのまま彼女は用を足し、何事もなかったように対談に臨んでくださった。まるでスーパーウーマンのごとき爽やかさで他人の窮地を救ってくださったのだ。その人の名は、天海祐希さんでありました。そんなスターに私の「尻ぬぐい」をしていただくなんて。我が歴史に残る恐縮千万の記憶である。

話を戻す。

依然として馴染まないことは他にもある。鍵を回す方向。電気スイッチの場所。はて、どこに入れたかしらと毎朝戸惑う調味料やお茶やコーヒーや食器の場所。先日は、少々貯め込んでいた現金が見当たらないことに気づいて驚愕した。以前はこの収納箱の中にしまっていたのだが……。現金の入っていたはずの箱には今、古い通帳が詰まっている。というか、詰めたのは私だ。で、現金はどこへ移したんだっけ……。家中をさんざん漁(あさ)って思い出した。そうだ、引っ越し直前に、それら手持ちの現金の在り処がわからなくならないようにと、銀行の口座に預けたのであった。

こういうとき、認知症になってまもない頃の母を思い出す。母は大事な通帳や手持ちの現金を簞笥にしまい込む癖があった。ところがある日、その抽斗にそれら大事なものの姿がない。

「母さん、現金と通帳類、どこへ移したの？」

「いつものところよ」

「いつものとこに、ないよ」

「あるわよ」

「だから、ないんだってば！」

　母は五分前のことは忘れるが、危機管理の意識だけは最後まで高かった。「戸締まり」と「大事なもの」への心配を欠かすことがなかった。だからこそ、「ここに入れていては危ない」と突如思い立つらしく、移動させる。が、移動させた場所を忘れる。家内大捜索を果たした末、別の簞笥の下着の間に現金を見つけたことがある。しかしそれも数日後には、また新たな場所に移されるのであった。

　今の私はあのときの母と似ている。不安になり、あるいは便利と思い、いつもと違う場所にモノを移すのだが、まもなく移したこと自体を忘れる。あるいは移した場所を放念する。そして相変わらず、昔の場所が身に染み込んでいる。

歳を重ねるほど引っ越しは大変になると聞いていた。それは体力の問題だけではなかった。順応力もおおいに衰えている。いつもの動線にトイレが見当たらない。ドアの開け方が以前と違う。電気をつけるスイッチがわからない。朝、起きたとき、日の差し込む方角が違う。ここはどこ？　私は誰？

ただいま私は新しい住処にて、心身のリハビリテーション強化期間中である。

計算不要時代

　ゴルフのスコアカードを睨みつけ、私は足し算と格闘する。ハーフラウンドした結果、はたして成績はどうであっただろう。

　たとえば1ホール目から9ホール目までのスコアが、
5、7、4、6、6、8、3、6、8
だったとする。私はまず、足して10になる数を探す。すなわち3ホール目の4と、4ホール目の6を足せば10だ。あと、2ホール目と7ホール目を足して10。これで20。残るは……？　と目を凝らし、どこを残していたか、わからなくなる。1ホール目の5と、ええとええと、5ホール目はもう計算に入れたんだっけ？　わけがわからなくなって、また振り出しに戻り、ええい、ままよ。頭から順に足していこう。つまり5足す7で12でしょ。そこに4と6を足して22。22に6を足して28、28に8を足して……。なんでこ

んなに時間がかかるのだ。と我ながらイライラしている横で、隣にいたゴルフ仲間に、

「アガワさんって、案外、算数苦手なんですね」と笑われた。

　そうなんです。寄る年波に勝てず計算ができなくなって。そう答えながら、はたしてこれは寄る年波のせいかどうかを考える。

　やはり、子供時代や若い頃のほうが計算は早かったような気がする。とはいえ、私よりはるかに暗算を得意とする人がいて、「どうしてそんなにパッパと計算できるの？」と聞くと、たいがい、

「そろばん教室に通っていたおかげかな」

　そう答える人が多かった。

　そうか、私はそろばん教室に通わなかったから遅いのかもしれない。彼らは頭の中にそろばんの盤が浮かび、頭の中で珠（たま）を上げ下げするらしい。私はそんな技を使ったことはかつて一度もない。

　それでも計算や暗算は日常的に逃れられないタスクであった。ゴルフを始めるはるか昔より、外へ出かけて買い物をすれば必ず金額やおつりを計算しなければならない。夏休みのドリルを一日何ページこなせば何日間で仕上げることができるかを算出しておか

ねばならない。もっともこの手の計算は、日々刻々と予定が変更され、なぜか夏休み明け直前には、「そんな要領では間に合わない」と思うほど、残りページの多さに愕然とするばかりであった。

小学校低学年にして、遠足の日には一人お菓子を五十円まで買ってきてよろしいという許可がおり、生徒はこぞって商店街へ繰り出し、何と何を買うと五十円以内で収まるかを必死で計算したものだ。

高校生になり、数学が急激に難しくなった頃、微分積分がちっとも頭に入らず、よく友達と語り合った。

「微分積分なんて大人になって使うことがあるの？　足し算引き算かけ算割り算さえできれば生きていけるんじゃない？」

本当のところ、数学の教育というものは、日常生活で使うか使わないかではなく、そういう頭の働かせ方を知っておくことが大事なのだと、ずっとのちに教えられたが、いずれにしろ、私には足し算引き算かけ算割り算以上の数学的脳みその働きが功を奏した記憶はあまりない。ぜんぜんないかも。

だからこそ、算数だけは「大事」と理解していたつもりだ。でも今のご時世、足し算引き算かけ算割り算すら、使うことがなくなりつつある。スーパーに行けば、レジの店員さんと最低限の会話もそこそこに、ピッピッという音を何度か聞いたあと、

「三番の機械で会計してください」

「へ？　これ？　どこにお金入れるの？」

私は千円札を握ってオロオロする。ようやく「お札は横に入れるのか」と理解して突っ込むや、瞬時に下のポケットにジャラリとおつりが戻ってくる有り様だ。なんと便利でなんと計算要らずなシステムだろう。

タクシーに乗る。これまた画面に向かってスマホでピッピのピ。おつりを受け取る必要すらない。

「ネット決済ですね？　領収書要りますか？　お忘れ物ないように」

下車の際、運転手さんとのやりとりはほとんどこれだけ。まことに計算知らずである。

それでも私は財布に現金を入れて外出する。意地になって現金を使おうとする。すべての支出をカードやネットに頼っては、ますます計算をする機会が減ってしまうし、何よりいくら使ったかの実感がなくなると思うからだ。

意気揚々とレジに並ぶ。並んでいる間に財布の中を確認する。一円玉が三つ、五円玉

が一つある。会計の末尾が三円か五円か八円になったらちょうど払えるぞ。あとはどういう可能性があるだろうと、念のために十円玉の数も確認しておく。

「お会計、二千四百三十三円です」

お、いいね。まず三十三円をトレーの上に出し、あと百円玉を一つ、二つ、三つしかない。あれ、もう一つ、あったはずだけど。ゴソゴソ漁った末に、ああ、これは五十円玉だったと知る。五百円玉があるけれど、これを出したらややこしい？　一応出すか。

そして五千札をおもむろに取り上げて、

「これでいいですか？」

レジ担当さんの目を窺うと、

「はい」

テキパキと私のお金を手で数え、レジを打つ。心なしか、「ぐずぐずしないでくださいね」と言いたげな気配を感じる。私の後ろの人が「まだかねえ」という顔をしている……ような気がする。そしてようやく会計を済ませ、私は思い知るのだ。

財布をガサゴソいつまでも漁り続けてひどく時間のかかる、こういう客のために自動支払機が設置されたのであろうことを。

それでも私は意地になる。こんなに計算をコンピューターに頼るようになってしまったら、今に誰も足し算引き算かけ算割り算ができなくなるぞ。そして小銭の有り難さもわからなくなるんだぞ。そんなことでいいのか！

そんなことでいいんでしょうね、世の中は。

たった一夜の

バラエティ番組の司会を務めることになった。といっても一人ではなく、ずんの飯尾和樹さんとご一緒だ。飯尾さんが進行を担ってくださるので、私は隣で茶々を入れていればいいという、まことに気楽な立場にある。飯尾さんは人気お笑い芸人であるけれど、気負いや自己顕示欲がほとんど感じられず、なんというか、そばにいるだけで心安らぐというか、言ってみれば飯尾さんの持ちネタであるゴロゴロ気分になれる。

『日曜マイチョイス』というタイトルの当番組の趣旨としては、「ゲストが今はまっている趣味をご披露いただいて、シニア世代の視聴者の生きるヒントになれば幸いなり」というもので、毎回、ゲストの「マイチョイス」を紹介する。

だからいちばん大変なのはゲストである。本番の前に地方へロケに行ったり、料理を作ったり、フラメンコを踊ったり、家庭菜園で農作業を行ったりしていただく。その映像を、飯尾さんと私がゲストとともにスタジオで拝見し、「へえ」とか「ほお」とか「楽しそうですねえ」と感心していればいいのだ。

回が重なるにつれ番組制作者は、どうもＭＣの二人が楽をし過ぎていることに気づいたらしい。妙案を思いついたようだ。

「次回は、飯尾さんとアガワさんに、ロケに出かけていただきます！」

こうして私たちは、夏の炎天下、練馬区にあるオザキフラワーパークというガーデニング専門店へ赴くことになった。

さほど園芸が得意ではなかったが、行ってみれば興味は湧く。店の社長さんに案内していただきながら、育ててみたい植物を次々カートに入れていった。ミント、バジル、フェンネル。もっぱら料理に使えそうなハーブを選ぶ。ときおり、「あら、このミニソテツ、可愛い！」と小さな鉢を手に取ってカートへ。「なにこれ、蚊を寄せつけないハーブだって。面白い！」とカートにポン。

「そんなに買うんですか、アガワさん」

飯尾さんに呆れられつつ、あれもこれも欲しくなる。そして最後に、

「そうだ、私、月下美人を育ててみたいと思ってたんです」

するとすかさず社長さん、

「月下美人なら、ありますよ」

昔々、実家の玄関に月下美人の大きな鉢があった。サボテンの仲間であり、普段はアロエのような肉厚な緑色の葉が伸びているだけの殺風景な姿だが、夏の時期になると、その太い葉の節に小さな蕾が生まれる。白い蕾はみるみる成長し、まるでカメが甲羅からにょっきり首を伸ばしたかのような格好でどんどん大きく太くなっていく。そして突然、それも必ず夜間に音もなく（って当たり前だが）パッと咲く。その瞬間、なんとも言えぬ南国らしいエキゾチックな香りを放つのだ。

居間でテレビを観たり食事をしたりしているとき、

「あ、咲いた！」

香りに気づき、玄関に飛んでいくと、はたして大輪の花火のごとき白い花が満開になっている。その劇的な咲きようといい、その後数時間、堂々たる威容と香りをあたりに振りまいておきながら翌朝には花を閉じ、潰えてしまうさまといい、その潔さの見事なこと。まさに月の下でたった一夜だけ咲き誇る美しき花の生涯なのであった。

親元を離れ、自分の住処を得てのち、今一度、あの月下美人の夏の一夜を愛でたい。

そう願っていたことを思い出したのだ。

「え、あるんですか？」

「これ、いかがですか。蕾が二つもついています。まもなく咲きますよ」

　私は躊躇するまもなく月下美人を、正確には「月下美人の仲間、宵待孔雀（よいまちくじゃく）」と札に書かれた鉢を抱きかかえ、他のハーブやミニソテツ、そして土や植え替え用の鉢ともども家に持ち帰った。

　それから一週間。持ち帰ったときは長さ二センチにも満たないほどの小さな蕾がどんどん長くなり、まさにカメの首のごとくニョキニョキ伸びていった。

　ただ、二つの蕾のうち、下についている小さな蕾は心なしか元気がない。反対に上の蕾は勢いを増している。まるで一つが栄養を独り占めして、次男坊蕾の成長を妨げているかのようだ。次男坊はしだいに茶色くなっていき、そしてポトンと土の上に落ちた。ご臨終である。合掌。

　次男の犠牲を無駄にするまい。そう誓ったのか、長男はますます大きく膨らんだ。実はその大事な時期に数日間、東京を離れなければならない用事ができた。留守の間に咲いてしまったらどうしよう。毎日、旅先から自宅に電話をし、様子を窺う。

「こんな具合です」

秘書アヤヤが写メで送信してくれる様子を見るにつけ、まだあと数日は咲かないだろう。とはいえドキドキしながら帰宅したのが日曜日の午後。旅の後始末をし、晩ご飯を作り、片付けを済ませ、しばらくテレビのドラマに熱中し、ふと顔を横に向けたとき、

「うわ、咲いてる！」

さっきまでかたく閉じていたはずの蕾が、まさに白い孔雀が羽を広げたかのような優雅な姿で肉厚な葉っぱにぶら下がっているではないか。思わず駆け寄って、スマホで写真を撮る。正面から。横から。上から。アップにしてもう一枚。まるでトップモデルを前にしてシャッターを切る駆け出しカメラマンの心境だ。しばし撮影に熱中したのち、花弁に鼻を近づける。さほど香りは強くない。実家の居間で、香りだけで開花を知ったときのような衝撃には至らなかった。種類によって香りの強さが違うのかもしれない。それでも興奮する。とにかく一夜だけの楽しみなのである。易々と寝室に引っ込むことはできない。しばし眺め、麦茶をすすり、眺め、そうだ、他のハーブの様子も見ようとベランダへ出て、ふと顔を上げると、夜空に三日月が浮かんでいた。猛暑に、ひとときの楽しみを見つけた。

新語順応力

近頃、急速に馴染みのないアルファベット用語やカタカナ言葉が増えてきた。そういう現象が起こり始めたのはずっと以前からだったという認識はあるけれど、ここ数年、その勢いがさらに加速した気がする。

加速し始めたのは、新型コロナが猛威を振るい始めたことが要因として大きい。そもそもコロナという言葉も、それ以前は「太陽のまわりを囲む炎」だと思っていたのに、今は誰かが「コロナ」と発すればただちに感染症を想起するだろう。

そのコロナ周辺に膨大な関連用語が次々に出現した。いわく、パンデミック、エビデンス、クラスター、ソーシャルディスタンス、サーベイランス、PCR。医療専門語だからしかたないとはいえ、テレビなどで「知っていて当然ですよぉ」のごとき得々とした顔で専門家や番組司会者が述べているのを聞くたびに、「日本語に直してくれんのかい！」とどやしたい衝動にかられる。が、まもなく聞き慣れる。そして気がつくと、自らも「十年前から知ってますよぉ」のごとき平然とした顔で会話に組み入れている。

でも、小さい声で言うけれど、本当はそんなによくわかっていない。だいたいは理解している。でも、本質的なことはわかっていない。だからつい、言い間違える。

こんな時代に報道番組の司会者なんぞをやっていなくてよかったとつくづく思う。

「では専門家に伺います。そこにはエビデントがあるんですか？」とか、「クライスラーが起こった模様です」とか、「PTA検査の結果についてですが」とか、私のことだから、きっとそんな初歩的な言い間違えを何度もしたにちがいない。

先日、私より少し歳上の社長さんが秘書嬢と話をしていらしたのを横で聞いていたら、

「へえ、連休に子供を連れてUFJに行くの？　そりゃ混んでるだろうなあ」

連休はそんなに銀行が混むのかと思ったら、すかさず秘書嬢、

「社長、違います。USJですから」

笑って否定した。私も笑った。でも頭の片隅で「他人事ではない」と囁く声がした。

私の子供時代、三文字アルファベット略語ですらすら口から出てきたのは、DDTとPPMとPTAくらいだろう。他に何があったっけ？　GDPとかBBCとか。NPO

とＮＧＯはどう違うんでしたっけ？　ＮＴＴは早めに馴染んだ感はある。でもＤＤＩが出てきた頃からついていくのがつらくなった。まして携帯電話が出現し始めると、さらに困惑した。まず iPhone とスマートフォンの違いがわからない。そう告白したら、清水ミチコ嬢に呆れられたことがある。

「同じものでしょ。スマートフォンは全体のこと。その中の一種類が iPhone なの！」

そう言われてもなお解せない顔をしていた私にミッチャンは、幼児に言い聞かせるかのごとき口調で、

「スマホが果物。わかる？　で、iPhone はバナナなわけ」

もっとわからなくなった。

話が三文字アルファベット略語から離れたが、とにかくあらゆるものがデジタル化された頃から人々の会話にカタカナが増殖し始めた。ログインするためにはＩＤとパスワードを入れてください。ＵＲＬをクリックしてそのサイトから資料をダウンロードしなさい。写真をスキャンしてＪＰＥＧで送ってください。コンプライアンス上の申し合わせでミーティングＩＤ設定しておりますので、Zoom に入るときお使いください。

わからーん！

文句をつけつつも仕事に関わることだから、少しずつ覚えるよう努力する。覚えるうちにだんだん使えるようになる。人間はこうやって飼いならされていくのだろうか。

個人的に特殊用語に飼いならされた最たるものは、ゴルフである。ゴルフを始めた当初はまったく理解できなかった。ドライバー、スプーン、アイアン、パー、ダボ、ティー、ハンドファースト、アドレス、ドロー、スライス、フック、スピンなどなど。ゴルフ仲間の会話にほとんどついていけなかった。

「僕はグリーンが苦手でねえ」

そうおっしゃる殿方に、

「え？　グリーンが苦手なんですか？　それは大変ですね」

ゴルフ場はどこも芝生に覆われている。当時、私はスタート地点から旗が立っているゴールまで、すべての「緑色をした地面」をグリーンと呼ぶのだと思っていた。違った。スタートしてゴールへ辿り着くまでの、芝を短く刈り込んだ広いところはフェアウェイ。フェアウェイを外れた草が生えているところはラフ。そしてグリーンとは、フェアウェイよりさらにきめ細かく芝が整えられている区域のことを指し、その区域内にゴールとなるホールがくり抜かれている。そんなことも知らずにゴルフを始め、技術もさることながら用語だけでしばしアタフタさせられたが、いつのまにか覚えた。好きなことは頭に入るのだ。

その点、昨今の私は洋菓子への関心が薄れてきた。健康上の問題ではない。まずお店の名前が覚えられないのである。昔はこんなにややこしい名前のお菓子屋さんはなかった。不二家かコロンバンかウエストぐらいだった。でも今や、パティスリー・ドゥ・〇〇とか、アンリ・シャル〇〇とか、ピエールなんとかとか。どんどん増えている。しかも店名がカタカナで書かれていればなんとか頭に入るだろうが、たいがいがアルファベットで表記されている。ダメだ。読めない。発音できない。そう思えば思うほど、記憶に残らない。しかも、店内に入ると菓子そのものにも小洒落た名前が長々とついている。マシュマロをギモーヴと呼び、ジャムはコンフィチュールと言うらしい。菓子職人はパティシエになり、ショートケーキはガトー・フレーズときたもんだ。マカロンをやっと覚えたばかりの私にはとうてい追いつけない。昔は「しろたえのシュークリーム、おいしいね」と言っていたはずが、今や「パティスリー・ドゥ・ジャンルシェールのシュー・ア・ラ・クレーム・ドゥ・フルール・ド・セル・ア・ラ・ローズ（架空）は絶品ね」とかなんとか言わなきゃならんのか！

落月の朝

いつの頃からか、満月にさまざまな名称がつくようになった。スーパームーン。ブルームーン。ピンクムーン。それとは別に、昔ながらの「中秋の名月」という和名もある。最近は名前のついた満月のことがさかんにニュースで報じられる。

「今日はスーパームーンです。一年でいちばん大きな満月をどうかお見逃しなく」

月好きの私としては気が気ではなくなる。夕刻あたりから空を見上げるたびに月を探す。ところがなぜかすぐには見つからない。ビルに囲まれた都会に住んでいるせいかもしれない。見えないなあ。悲観していると、

「あ、お月様!」

忽然と空に現れる。今までどこにいたのよ。

太陽ならこんなことはない。日の出の時刻を見計らって東の空を眺めれば、暗い夜空

がしだいに白んで、じわじわと朝焼けが広がって、そしてドーンと、まさに天下のスターが舞台に登場したかのごとく、まん丸太陽が顔を出す。太陽を見落とすことはまずない。寝坊しないかぎり。

日中とて、雨雲に覆われた日は確認しにくいが、だいたいどこらへんにいるかの予測はつく。そして夕日も同様。季節によって少し位置は変わるものの、西の方角を見渡せば、黄色く輝いていた太陽がだんだんオレンジ色に変わり始め、その色を周囲に発散させつつ高度をゆっくり下げ、空一面が赤く染まる頃、巨大化した太陽はギラギラと、静かに沈んで、おやすみなさい、また明日。日没の瞬間を見落とすことはあっても、その場所がわからないなんてことはない。これほどに太陽の動きは馴染み深い日々の自然現象であるにもかかわらず、月の動きは捉えにくい。

恥ずかしながら私は、月というものは太陽が沈んだら、交代して東の空から上がるものだと長らく信じてきた。ならば昼の月はなんなんだ？　と問われても考えないことにしていた。が、急に気になってきた。

というのも、新たな住処に移って以来、月の姿を見かけない日が増えたからである。周囲を高いビルに囲まれたマンションの上階だ。絶好の眺望環境とはいえないが、バルコニーから月を拝むことぐらいはできるはず。

先日八月末のスーパームーン事件で私は焦った。年に一度のスーパームーンだという。なんとしても見届けなければ。いったいどこらへんに巨大な月は現れるのだろう。

夜の九時過ぎ。遅めの晩ご飯を済ませ、バルコニーから夜空を見上げると、

「あ、いた！」

いつもよりたしかに大きな満月がビルとビルの間に堂々と輝いているのをようやく発見。この美しい姿を記録しておかなきゃ。スマホを探しに室内へ入ると、ついテレビに気が向いた。話題のドラマが佳境を迎えている。これは観ておかねば。ドラマを観ながら部屋の片づけをしたり爪を切ったりするうちに、月のことが頭から離れた。ドラマが終わってハッとしてバルコニーへ出て月を探したが、いない。どこへ消えた？　おそらくビルの陰に隠れたのだろう。しばらくすればまた姿を現すさ。

書斎にこもり、パソコンに向かって仕事を始める。そしてまた、「そうだ、月はどうなった？」と窓の外を見遣（みや）ると、まだいない。もしかして隣のビルの裏に入ってしまったか。またパソコンに視線を戻し、原稿書きをするうちだんだん眠くなってきた。時計を見るともはや十二時近い。そろそろ寝るか。諦めてベッドへ潜り込む。ベッドに横た

わった状態で夜空を見上げ、月を求めたが、いつの間にか寝てしまった。が、夜中にハッと思い出し、窓のそばへ近寄る。もう沈んだあとか。西の方角に目を遣ると、おお、いらっしゃいましたよ。空の高い位置に皓々と月が輝いていた。時計を確認すると午前二時である。美しい。

こうなったらなんとしても月の沈む瞬間をこの目で見届けて、スーパームーンの最大サイズを拝みたいものだ。そしてその決定的瞬間をスマホに収めよう！

この決意の顛末はさておいて、ときは一ヶ月を経て、中秋の名月の数日後。まだ満月の名残をじゅうぶんに留める頃だった。明け方に目が醒めた。時刻は六時半。すでに地平線のかなたへ落ちたあとだろうと半ば諦めつつ、ベッドから這い出して空を見上げると、なんとまだ月が高層ビルのさらに上方で、すでに明るくなった空の中にポンと浮かんでいるではないか。

まだ、そんなとこにいたの？

なぜそれほどに驚いたか。つい一ヶ月前、スーパームーンが午前四時半過ぎに富士山の裾野へ少し赤みを増しながら静かに沈んでいったのを目撃していたからだ。あれからたった一ヶ月で月没の時刻と位置はこれほどまでに移るのか。ちなみに月は富士山からさらに離れた場所へ沈もうとしている。

ふと思いついた。日の出・日の入り時刻というのは検索できるが、月の出・月の入り時刻は公表されているものなのか。スマホをポチポチする。すると、国立天文台のＨＰに「各地のこよみ」と称して都道府県庁所在地の日の出・日の入り、のみならず、月の出・月の入りの時刻がカレンダーになっていることを知った。なんだ、そうだったのか。

さっそく「東京」で検索し、二〇二三年十月の「月の出入り」を調べると、驚いた。日の出・日の入りは毎日、一分ずつほどずれていくのに対し、月の出・月の入りは、一日でほぼ一時間も変わるのである。

つまり、八月末のスーパームーンの入りが午前五時前だったのに対し、九月末の「中秋の名月」は六時六分。さらに翌日の十月一日は七時十八分になっている。だから昼間に月が上がっていることもあるのか。

月がこれほど自在に動き回っていたとは知らなんだ。月の姿を見つけるのが難しいわけだ。まるで大海原にイルカの姿を探すかのごとし。

さて今夜はどこでお月様に出会えるかしら。

過干渉の暁

バルコニーのプランターに並ぶハーブたちが息を吹き返しつつある。

今年の猛暑にやられて、すっかり生気を失いかけていたが、気温が二十度台になったあたりから、リング上でカウントダウンされていたヘロヘロボクサーが、腕を動かし、腰を折り、なんとか立ち上がろうとしているかのように、少しずつ復活し始めた。

とはいえ、すでにノックアウトされてしまったハーブもいる。

夏の初め、テレビ番組の企画でガーデニングの専門店へ行き、その愛らしさに惹かれてつい買い込んでしまったハーブや植物たちの話である。ミント、レモンバーム、バジルにフェンネル、クランベリーとミニソテツ。加えて「蚊を寄せつけないハーブ」という怪しげな葉っぱも購入した。

さらに、月下美人の仲間であるサボテン科の宵待孔雀。その華麗な白い花は、たった一輪とはいえ見事に咲き誇り、一夜かぎりの幻想的な夢を届けてくれた。もう一回ぐらい蕾をつけてくれるかと期待していたが、その後は室内でひっそりニョキニョキと緑色の細長い葉を伸ばすのみである。

一方のハーブちゃんたちは、暑いとはいえ植物だ。たっぷり水を与え、太陽とそよ風に当てることこそが健康の秘訣と思い定め、ずっとバルコニーに置いておいた。それがどうやらいけなかったらしい。

日に日にしょぼくれていった。あまりにもしょぼくれ度合いが激しかったので、これは緊急入院の必要ありと判断し、室内に取り込んだのだが、時すでに遅しの感あり。まもなく繊細なフェンネル、この間まで活き活きと料理の香りづけにも参加してくれたバジル、そんな特技があるのかどうかわからなかった「蚊を寄せつけないハーブ」が、次々にご臨終あそばした。

同じハーブでも、以前から別のプランターで育てていたローズマリーは暑さもなんのその。あちこちへ茎を伸ばして逞しく縄張りを広げ、周囲の植物を圧倒する勢いである。弱っていく他のハーブたちと何が違うのであろうか。にわか園芸家にはとうてい理解できないうえ、処方箋がわからない。

早晩、ミントとレモンバームとシソもご臨終のときを迎えるのであろう。葉先は茶色く変わり、茎は細々と頼りなく、いずれも料理に使えるような健康状態とは思えない。日に二度の水やりは続けたものの、まもなく訪れる別れのときを待つのみかと観念していた。

この夏は、プロが育てる米や野菜も各地で猛暑の被害にあったという。その方々の悲痛さを思えば、趣味の園芸家の嘆きなどミミズのウンチにも及ばない。

いっときは、なんとか元気を取り戻してもらいたいと思い、いろいろ画策した。

まず水やり。ハーブたちは喉（ないけど）がカラカラだろうと思い、頻繁に水をやった。朝、夕方、ときに昼間でさえ、気づくと水道の蛇口をひねり、土の部分のみならず、葉っぱの上からまんべんなく放水した。すると、

「真昼に水をやってはダメよ」

という友だちの声が届いた。

「気温が高いうちは与えた水がすぐに沸騰してお湯になっちゃうの。植物が枯れる原因になるのよ」

なるほど。その教えを受けて以降、水やりは早朝と夕方、日が暮れかかった頃の二回

に留めた。

いくら暑くとも太陽の光は必要だろうと思い、長らくバルコニーに並べていたのだが、「室内のほうがいいんじゃない？」

そんな声を耳にする。そこで今度はリビングの板の間に新聞紙を広げ、そこへハーブ軍団を並べることにした。まさに緊急入院、集中治療室への移動である。が、室内に置くと、微動だにしない。エアコンの風には当てないほうがいいと思ったが、こんなに動きがないと、植物も生きているのか死んでいるのか自分でもわからなくなるのではないか。不安になって、少し気温が下がった日、また外へ出してみた。

風に揺れるハーブの葉っぱを眺めていると、喜んでいるように見えた。これでなんとか元気回復となりますように。すると、

「熱風に当てると、せっかく葉のなかに含んでいる水分がぜんぶ蒸発するから、よくないと思うわよ」

新たな意見が入ってきた。げげ、そうだったのか。こうしてまた集中治療室に舞い戻ることと相成った。

ことほど左様に患者を行ったり来たりさせ、治療方法を何度も変更し、医者たるべき

私の意志にブレがあったせいか。あらゆる処置の甲斐もなく、悲しい結果を迎えた次第である。

かまい過ぎもいけない。過干渉が子供の自活力を奪うのだ。もし私が子供の母親になっていたら、ロクな教育はできなかっただろうと、植物を眺めながら悲嘆に暮れた。

十月に入る。少し放っておいたのがよかったのか。もちろん猛暑のピークを過ぎたことが元気回復に繋がった第一要因だと思う。

シソの葉の間から花芽が伸びてきた。これは復活の兆しと見ていいのか。わからないが、嬉しい。

レモンバームとミントの勢いも好調だ。ただ、ここで新たな問題が発生した。ミントを植えてあるプランターの土の表面に、不気味な茎が這っているのを発見した。茎の節々にごま粒ほどの小さな緑色の葉っぱもついている。いったい何の葉だろう。ためしに一つちぎって噛んでみたところ、ミントの香りがした。

「ミントは地植えをしてはいけないんですって。あたりにどんどんはびこって、他の植物を枯らせてしまうほど強いらしいですよ」

秘書アヤヤが呟いた。ミントと同じプランターにシソが同居している。これはシソ君の危機なのか。植え替えなければいけないの？　元気になったと喜んでいると、たちまち新たな難問が降りかかってくる。

これから冬を迎える。今度は寒さ対策だ。ああ、どうすればいいのよ、ハーブちゃん！

方言六十点

朝、NHKのドラマを観ていると、しばらく大阪弁が抜けへんようになる。ドラマが終わるや相方に、

「朝ご飯、どないする？　パンでええか？」

「あかん。玉子、切らしてしもたわ」

これが正しい大阪弁かどうかもよくわからないけれど、気分はすっかり大阪人や。

もともとかぶれやすいタチである。地方へ行くと、その土地の言葉を無性に使いたくなる。その土地の空気や風景や温度の中で、一人だけ東京の言葉を吐いている自分が気恥ずかしくなってくるのである。恥ずかしいというか、味気ないというか。一刻も早くここに馴染みたい。そう思うがあまり、使い慣れない言葉を無理に使おうとして、地元の人の顰蹙（ひんしゅく）を買うこともある。

「それ、ぜんぜん違う！」

ことに関西は、関東の人間が理解している以上に言葉が複雑だ。同じ関西といえども京都と大阪と神戸ではイントネーションも使う単語そのものも、微妙に異なるらしい。

「こーへんか」

「きーひんか」

「けーへんか」

さて、どれが京都で大阪で神戸でしょう。そう問われたことは何度もある。えーと、たしか「けーへん」が大阪で「きーひん」が京都で「こーへん」が神戸だったような……。と答えると、いやいや、そうとも限らない。大阪の人も「こーへん」てよく使いますよと反論されてしまう。

どうやら関西弁の場合、年齢、性別、職業、時代、さらに大阪内でも地区によって使う言葉はまちまちなのだという。

かつて私は兵庫の尼崎で奮闘する東京出身の女性検事を主人公にして小説を書いたことがある。さまざまな事件に遭遇し、取り調べをするときの会話を考えなければならないが、このときの言い回しが難しい。適当に書いておいてあとで大阪の女友達に監修してもらったのだが、滅多斬りに直された。

「ダメダメ。こんなん、若い女性はよう使わんて」

「京都の男性は使わない。これは祇園言葉」

そうか。私が京都言葉として耳慣れているのは、もしかしてはんなりした舞妓さんの言葉だったのかもしれない。

昔、テレビのトーク番組を観ていたら、三人の男性が司会を務め、ゲストに若い舞妓さんを招いてあれこれ質問していた。

「お稽古は、大変ですか？」

「そうどすなあ」

「着物、自分で着られるようになるまで何年もかかるんですか？」

「何年いうことはありませんけど……そうどすなあ」

「その格好で新幹線に？」

「そうどすなあ」

「いやあ、おきれいです」

「そうどすか？」

「将来の夢とか、ありますか？」

「そうどすなあ……」

なにを問われてもその舞妓さんはゆったりと、それこそはんなりと「そうどす」以外の返答をなさらない。それが見事に味わい深く、私はすっかり魅了されてしまった。

標準語でこうはならないだろう。

「お稽古、大変ですか？」

「そうですねえ」

「その格好で新幹線に？」

「そうですね」

「いやあ、おきれいです」

「そうですか」

そんな答え方を延々続けていたら、なんと無愛想で言葉を知らない若者かと思われてしまうだろう。ほんの少しの違いなのに、京都言葉にはえも言われぬ耳心地のいい雰囲気があることに気がついた。

そんな舞妓さん独特の言い回しに憧れたせいかもしれない。京都弁といえば、「えらいおおきに」とか「そうどすか」とか「よろしおすなあ」とか、そんな言い方しか知らない。しかし、それらは必ずしも一般の京都人が使う言葉ではない場合があるらしい。

祇園言葉は別にして、最近、地方へ行っても地元の言葉があまり聞かれない。メディアが使う標準語が浸透したせいか。あるいは別の土地から来た人間の前では方言を使わないよう気を遣ってくださるからなのか。気を遣ってくださっているのに申し訳ないが、私としては残念な気持になる。せっかく見知らぬ土地に来たのだから、その土地の言葉を耳に留めたい。言葉は文化である。その地の風景や食べ物と同様、文化を味わいたいと思うのである。

ことに地方へ行って感動するのは敬語の使い方である。敬語には、独特のもてなし文化が見え隠れする。

「寒い中、よう来んさって」

「まあ、大きゅうならはったなあ」

子供相手にも丁寧な言葉で歓待する様子を見ていると、敬意すら覚える。

しかし関西の敬語には驚かされる。なにしろ泥棒やゴキブリにまで敬語を使うのだ。

「こないだ、泥棒さんが入らはってな」

「ゴキブリが出はったわ」

なんと丁寧なこと！　この過度とも思われる敬語の使い方について大阪の友達に聞いたら、

「え？　別に敬語ってつもりないけど」

さらりと返された。いてはる、しはるは、敬語のうちに入らないらしい。

広島へ行った。駅からタクシーに乗り、運転手さんに広島弁で目的地を告げた。

広島は父の出身地である。私も幼い頃、市内に住む伯父伯母の家に一年間住んだ経験がある。だから家族の中では父の次に広島弁が身についているとずっと言われてきた。

「どこから来んさったん？」

私の言葉に反応し、運転手さんが問うてきたので、

「東京です。でも父が広島人なんで、ここいらは故郷みたいなもんじゃやけえ」

「ほお、広島弁、上手やのう」

運転手さんに褒められた。私はすぐ図に乗って、さらに広島弁を披露した。するとまもなく運転手さん、豪快に笑いながら、

「今のは、六十点じゃのお」

チラリ富士山

寒い季節の楽しみの一つに、富士山観賞がある。特別にどこかへ出かけるわけではない。朝、起きて、ベッドから這い出して、カーテンを開けたときに富士山の姿が見えると、それだけで晴れやかな気持になる。よし、今日も頑張るぞ。エネルギーが湧いてくる。

昨春に引っ越しをして、久しぶりに西向きの窓に恵まれた。親元を離れて一人暮らしを始めて以来、途中、アメリカのワシントンD.C.で一年間生活をしたことを除くと、七回目の引っ越しとなった。過去六ヶ所の住まいのうち、富士山を望むことができたアパートは前半の四ヶ所。今度の引っ越し前に住んでいたところと、その前の部屋は南東向きで、富士山も夕日も拝むことができなかった。

物件を探すとき、家賃、環境、日当たり、立地など、他の条件を優先すると、どうしても「西の眺望」を諦めざるをえない事態となったからだ。富士山と夕日を見ないで過ごした月日が二十年。実に二十年ぶりのシアワセを、今、まさに満喫している最中だ。

とはいえ、周囲に高層ビルが林立しているため、我が富士山は、西方面に立つ細長いビルの横から、かろうじて右半分がちょこっと見える程度である。

やっぱり富士山は遠いなあ。

しかも冬とはいえ、時間が経つにつれてモヤが増えていくのか、早朝のときのようにはくっきりはっきり見ることが叶わない。

まして暖かい季節は、乾燥している冬場とは空気の様子が違うらしい。富士山自体がモヤや雲の陰に隠れ、見えることは稀である。

ほんの限られた冬の富士山観賞を、今こそおおいに楽しんでおかなければ損をする。

そう思っていた矢先、朝早く、池袋から埼玉方面へ向かう特急に乗った。それがはたしてどこらへんだったかの記憶は曖昧なのだが、おおかた所沢か入間（いるま）のあたりだったのではないかと思われる。

突然、富士山が現れた。しかも、なんと雄大な姿であることか。

え、もしかしてここらへんのほうが、都内の我がマンションより富士山に近いのかしら？　ウチから見える富士山の倍の大きさだ。ちょっと悔しい気持になった。静岡県や山梨県に住んでいるならまだしも、埼玉の人たちも、こんなに美しい大きな富士山を毎日、楽しむことができるのか。ちょっと嫉妬した。

そんな驚愕事件からしばらくのち、ゴルフ仲間の紳士と、やはり早朝、同じ車でゴルフ場へ向かっているときのことである。前方に雪をかぶった富士山があった。しかもその富士山、前面にそびえ立つ、少し小さな山の黒い稜線と左半分が見事に重なっていた。まるで白い富士山が、黒いショールを片方の肩にかけていそいそお出かけするような姿に見える。色っぽい。

「おお、これは珍しい光景ですね。スマホに撮っておこう」

紳士はすばやくご自身のスマホを取り出して、タイミング良くカシャッと撮影なさった。

そうか、私も撮っておこうかな。

遅ればせながら自分のスマホをバッグから出してシャッターチャンスを狙ったが、時すでに遅し。黒いショールを肩にかけた富士山の姿は、高速道路の防音壁にさえぎられて、姿を消したあとだった。

それはさておき、ふと思い出し、数日前の特急から見た富士山の話を投げかけた。

「ウチから見るよりはるかに大きく見えたんです。埼玉のほうが富士山に近いんですかねえ」

するとが紳士ケロリとおっしゃった。

「山というのは、裾野まで見えるか見えないかで大きさがまったく違ってくるんですよ。ことに富士山は稜線が長くて美しいから、そこが見えないと、ちっこい山になっちゃうんだよ」

古稀にして初めて知った。そうか、稜線を含めて初めて山の大きさがわかるのか。

そういえば秩父行きの特急の車窓から見えた景色に富士山をさえぎるものはほとんどなかった。高層ビルも他の山や丘陵も、大きな工場もなく、住宅はそれなりに並んでいたものの、多くは林と田畑と、広大な土地が清々しく続いているだけだった。そして富士山は、たしかに裾のほうまで美しく延びていた。

遠い昔、江戸時代に幕府は江戸の大火ののち、町を再建するにあたり、庶民にアンケート調査をしたという話を聞いたことがある。

「どんな町にしたいですか？」

その結果、「桜を愛でる場所」と「富士山を望める場所」をたくさん作ることを約束したそうだ。真偽のほどは定かでないが、昔、さる江戸時代研究家に伺ったと記憶する。

かくして江戸の町には「富士見町」「富士見台」「富士見橋」「富士見坂」「富士が丘」「富士の宮」など、「富士」ないし「富士見」がついた地名が各所にできた。富士山信仰がさかんだった時代のこと。実際に見えるかどうか、願望だけで命名したという説もあるようだが、誰もが富士山を見たいと思っていたことは間違いない。そしてそれらの地名は今でもあちこちに残っている。

もはや東京もおおいなる様変わりをしたあげく、富士山なんてどこに見えるのさと首を傾げたくなるような「富士見橋」もあるけれど、「富士見橋」と聞いただけで、つい西の方角へ顔が向くのは、悪いことではない。

今朝も白い富士山は、青い空をバックにして凜々しい姿を見せてくれた。あのビルさえなければねえ。もっと大きく見えたかもしれないのにねえ。なんて、文句を言ったらバチが当たる。昼を越え、夕方四時を過ぎたあたりから、今度は夕日に照らされて、ちっこいけれどなだらかな稜線を再び披露してくれることだろう。

お礼状下手

書かねばならぬお礼状がたまっている。

いつからたまったかというと、だいぶ前から。去年の暮れよりさらに前、お中元のお礼もきちんとしないうちに年末が訪れた。まずいまずい。そう思っていたら年が明け、今度は各所から年賀状が届いた。

返礼すべきところが倍加した。

以前に比べて年賀状は減った。メールで届く新年のご挨拶が増えたせいだと思われる。メールのご挨拶に対しては、まあまあ迅速に対応できる。手書きの年賀状を書くよりは手軽だ。とはいえ、すべてのやりとりをメールで済ませようという気にはならない。アナログ世代特有の戸惑いとでも申しましょうか、丁寧な手書きの年賀状をくださった方には、手書きの返信をするべきだと、心の中で思っている。思うだけは、思っている。

お礼状もさることながら、そもそも年内に年賀状を書くべきなのである。それが世の常識というものだ。しかし私は子供の頃から今に至るまで、年内に年賀状を書き上げた記憶がない。年の瀬はなにかと忙しい。子供の頃は期末試験や遊ぶことや親に叱られて落ち込むことに忙しかった。大人になると、忘年会があったり年内に始末しなければならない用事がたまっていたり、なによりクリスマスが訪れるまでは気分はジングルベル。クリスマスが過ぎた途端に、「あ、年末だ！」と気づき、「年賀状を買わなければ！」と慌て、「この締め切りとこの締め切りは来年までと言われているから大丈夫」とニンマリし、一年の疲れがどっと出たと自らを労って惰眠をむさぼっているうち、不思議ですね、たった一週間で新しい年は訪れるのだから驚く。毎年、驚く。

とまあ、そんな体たらくで新年を迎えてみれば、「元日ぐらいはのんびりしよう」と怠け、二日、三日も同様にだらだらデレデレ、箱根駅伝を観ているうちに日が暮れて、四日あたりにふと気づく。

「年賀状にかこつけて、お礼状を書こう！」

そのために前もって買っておいた年賀葉書二十枚をテーブルに重ね、ようやく書き始めるという具合である。

志高けれど、行い伴わず。

二、三枚書くと、すっかり疲れ、ペンを置く。すると一月も五日あたりから世の中が動き出し、「あ、やばい！　原稿の締め切り、明日だ！」と慌ててパソコンに向かうため、年賀状書きは、だいたいそのあたりでいったん休止と相成る。

父は生前、よく言っていた。

「お礼状を書かなきゃいけない、と思うだけで苦になる」

そう文句を言うわりに、私と違って律儀な性格だったのか、食卓に座り、葉書とボールペンを用意して、礼状書きに専念する。ただ、この苦行を一人で背負うのが嫌らしく、台所にいる母に向かって、

「おい、切手を出して、そばでちゃんと見守っててくれないか」

母はしかたなく手に切手を持ち、父の隣に座って次の指示を待つはめとなる。

「この字でいいのか？　住所は間違っていないか？　このボールペンは出が悪いぞ。何を頂戴したんだっけ？」

父の細々した質問に、母が即座に対応することを望んでいるのだ。

あるとき知人から、「おみかんをお送りいたしましたので、まもなく着くと思います」

という電話をいただいた。その報告を受けた父は喜ぶかと思いきや、

「ああ、また礼状を書かなきゃならん」

眉間に皺を寄せて溜め息をつくと、抽斗から葉書を取り出して、礼状を書き始めた。

「このたびはおいしいみかんをたくさんお届けいただき、まことに有り難う存じます」

まだみかんは届いていないというのに、苦になる礼状書きを先に済ませたのであった。

娘の私は父ほど頂き物を苦にする性格ではない。みかんもリンゴもお菓子も漬け物も、おいしいものをいただくのは大好きだ。送ってくださった方に心から感謝の念を抱く。ただ、残念なことに、その感謝の気持を当意即妙に表す能力に欠けている。

今、私の前に、絵葉書の山が積まれている。積んだのは私だ。書きやすいペンの用意もできている。父のように、この姿を亭主や秘書アヤヤに見守ってもらいたいなどと、そんな甘ったれたことは望んでいない。望んでも誰も来てくれないし。そして、おもむろに絵葉書の山に手を伸ばす。さて、どの絵葉書でどなたに出そうかしら……。

昔から旅先で絵葉書を買うのが好きである。美術館や神社仏閣で買った絵葉書をたくさんため込んでいる。どうやら母にも同じ趣味があったらしく、両親亡きあと実家の整理をした折、未使用の絵葉書が大量に出てきた。もったいないからすべて持ち帰った。

未使用にもかかわらず、四十年五十年もののビンテージ絵葉書も多くある。ハワイのビーチやスペインのフラメンコダンサーの絵葉書、岡山県の大原美術館で買った絵画の絵葉書、ニューヨークで見つけたポップな赤ちゃんの絵葉書、猫の絵葉書、山本容子さんの銅版画カレンダーを切ってつくった絵葉書……。

どれがいいかなあ。この花はいつの季節だ？　桜の絵葉書は使えないか。飛行機の葉書は古すぎるかもね。この絵はもったいないから他の人のために取っておこうか。迷う。

ようやくこの一枚と決め、文面を考える。

「遅まきながら、あけましておめでとうございます。昨年暮れにはけっこうなお品を頂戴し、心からお礼申し訳ございません」

しまった、お礼が遅れたことをお詫びしなければと思うあまり、書き損じた。修正液はどこだ？　修正液が乾くまで、次の文面が書けない。やっと書き上げてみれば、今度は切手を探すことになる。こうして数枚書くと、すっかり疲れて、絵葉書さん、また明日。

ついでに告白すると、書きそびれた年賀葉書がまだ十七枚ほど残っている。これを使おうかどうしようか。もう二月ですけどね。

小物好き

小さい頃から小さいものが好きだった。

そのことを思い出したのは、ひな人形を飾ったときである。今年は二年ぶりにひな人形を戸棚の奥から引っ張り出してきた。去年は引っ越し騒ぎのさなかにあり、飾ることを断念していたのだ。新しい住処でお披露目するのは初めてである。さてどこに飾ろうか……。

私が持っているひな人形は、母が嫁入りのときに持ってきたものだと伝え聞いている。高さ三センチほどの木彫りで、男雛、女雛、三人官女と五人囃子。あとはぼんぼりと、後ろに立てかける海山の風景が描かれた屏風だけ。どれもあちこち色が剝げている。三人官女のうち二人は顔の半分が欠けた状態だ。

私が子供の頃、その人形たちはもう少しマシな様子だったと思うけれど、出し入れを繰り返し、引っ越しのために移動させ、しだいに傷がついていったようだ。無理もない。母がいくつのときにそのひな人形を手に入れたのかは知らないが、幼い頃と推測すれば、もはや九十年以上の古物という計算になる。

以前は人形を飾るための漆の飾り台や赤い毛氈（もうせん）もあった気がするが、いつのまにか紛失した。残っている平飾り台は脚付きのお内裏様用のものが一つだけ。しかたがないので黒塗りのお重を上下ひっくり返して置き、その上にお重よりやや小さい漆っぽい厚手の黒い板（はて、なんの飾り台だったか覚えがない）を、さらにお内裏様用平飾り台を乗せ、なんとか三段にしつらえる。

当座しのぎの寄せ集め三段飾りではあるけれど、それなりに格好がついた。

ふと見ると、ひな人形の飾り台に使ったお重の蓋がぽつんと一つ残っていることに気づく。せっかくのひな祭りである。この蓋の上にもなにか飾ろうではないか。

ひな人形セットが入っていた紙箱を漁る。と、薄紙に包まれた小さい人形や小物が続々と現れた。いくら小さいもの好きとはいえ、よくぞこんなにたくさん残してきたものだ。ミニチュアの急須と茶碗セット。白酒と表に書かれたミニチュア徳利と漆風の赤いお猪口（ちょこ）。高さ三センチに満たない細くて小さなこけし一対。こけしの顔をしたひな飾り。そして桃太郎チーム人形が三体。桃太郎と、猿とキジの面を頭に乗せた白い顔の人形である。犬の姿が見当たらない。犬だけ行方不明。続いてどんぐりのような帽子をかぶった童顔のお囃子トリオ。これも最初は五体あったのかもしれない。が、現存するのは鼓と笛と小太鼓奏者の三人だけ。あとはミニ起き上がりこぼし二つと、絵柄のついたハマグリの上に一センチほどの大きさの木彫りのじいさんばあさん人形が一対。それらと一線を画して一人気取った顔でポーズを決めている五センチほどの高さの石膏製日本人形。私の持っている小物シリーズの中ではいちばん背が高い。そして紙とモールでできたピンクの草履。

　ピンクの草履は飾り場所に迷った。それだけを仲間はずれにするのは可哀想なので、とりあえず飾り台の隅っこの手前に揃えて置いてみた。

「あら、かわいい〜」

　飾り終えたひな壇を見て秘書アヤヤが優しい声を上げた。ふと目を見張り、

「この草履は、なんですか？」

　聞かれてもわからない。

「まあ、草履は揃えて脱ぎなさいという印？」

アヤヤが情けなそうな顔で笑った。

なんでこんなガラクタのような細々したものを後生大事に溜め込んでいたのだろう。でもよく見ると、たしかに剥げたり古びたりはしているが、顔の表情やきものの柄にいたるまで、実に丁寧に描かれている。こんなに小さな人形や小物を作った職人がいたのかと思うだけで感動するではないか。きっと、幼い頃から私にとってはこれらすべてが宝物だったのだ。そして歳を重ねるに従って制作者の気持に思いを馳せるようになり、おいそれと捨てる気が起こらぬまま、半世紀以上の月日が流れた。

小学生の頃、友達の家に遊びにいって仰天したのを思い出す。生まれてこのかた、高さ三センチのおひな様しか見たことがなかった私の前に、自分の背丈よりはるかに高いひな段が飾られているのを目の当たりにしたからだ。七段もある。しかもそれぞれの人形は、ひっくり返したご飯茶碗よりはるかに大きい。色もきらびやかで豪華絢爛だ。

「へえええええ」

私はしばし見とれた。すっかり負けた気分に陥った。他人様の家ではこんなに大きなひな人形を飾るものなのか。

しかしウチへ帰って、小ダンスの上に飾られた母の小さなひな人形を見つめるうちに、

「こっちのほうが好きだ！」

　はっきりとそう思った。以来、私はどんなに立派なひな人形を見かけても、羨ましいとは思わなくなった。そして母の古びたひな人形を一生、大事にすると心に決めた。

　ひな飾りは早めに飾って早めにしまうもの。そうしないとお嫁に行けなくなりますよ。若い頃、大人に何度忠告されても私はいつも飾り出すのが遅かった。

「あら、もうすぐひな祭りじゃないの！」

　一週間ほど前に気がついて、慌てて戸棚を漁り出す。いつもそんな調子だったので、二十代の終わり頃には胸が痛くなった。

「やっぱりおひな様をちゃんと期日に飾らなかったせいかしら」

　もはやそんな心配も消え失せた。そもそも今、私は誰のためにひな人形を飾っているのだろう。もはや女の子でも嫁入り前の娘でもない。娘も孫娘もいない。この人形たちの前に立ち、どんな願い事をすればいいのか。

　そして勝手に宗旨替えをした。小さな職人たちの技を見直すため。小さなものへの愛着を確認するため。いつかこの古びたひな人形とその仲間たちを大切にしてくれそうなお嬢さんに出会ったら、「お譲りしますよ」と言ってみよう。それまでは、ピンクの草履に至るまで私が大切に保管します。でも、私のような古くて小さいもの好きが、はたして見つかることやら。

なんとなくズンバ

伊藤比呂美さんとトークショーをした。久しぶりにお会いしたら、キュッと身体が引き締まり、加えて肌がピチピチしているではないの。

「なんか前より若返ったみたい」

そう声をかけたら、伊藤さん、いとも嬉しそうに、「そうなのよ!」と勢いよく頷いた。

「ズンバのおかげ」

「ズンバ?」

聞いたことがあるようなないような。以前、伊藤さんがご自身のエッセイで綴っておられたが、そのダンスの正体が判然としない。ラテン系のダンスには、サンバとかルンバとかジルバとかサルサとかタンゴとか、いろいろあるけれど、ズンバって、どんな感じだっけ？　その場でちょっと踊ってほしいとトークショーの舞台上で伊藤さんに申し出たら、披露してくださるかわりに、「シッポ！」と伊藤さんは客席に向かって叫んだ。

「誰にも昔はシッポが生えていたんです。そのシッポがお尻にくっついていると思って、そのシッポの先を股間に挟んで前でぐいっと持ち上げる。そのとき腹筋に力を込める。ほら、そうすると正しい姿勢になるのです！」

なるほどね。感心しつつも、シッポとズンバの関係はなんなんだ？　でもまあ、いいか。ズンバがラテン系のダンスであることは間違いないだろう。だいたい理解したつもりになる。たちまちリオのカーニバルの光景が浮かんだ。こういうダンスを踊っているうちに伊藤さんは身体中の血流がよくなって、健康的なお顔になったのかなあと羨ましく想像した。

トークショーが無事終了し、帰宅したものの、どうもズンバが気にかかる。

さっそくネットで検索する。なんとズンバとは、昔から南米で踊られているダンスの種類ではなかったのだ。それどころか、「ラテン系の音楽とダンスを融合させて一九九〇年代に創作されたダンスフィットネスエクササイズ」なんだとか。そもそもは南米コロンビアのフィットネスクラブで偶然のように生まれたプログラムであったものが、アメリカに渡り、むしろアメリカのフィットネス界で大ヒットしたのだという。その後、日本には二〇〇七年に輸入されたらしい。

ちっとも知りませんでした。

そこで近所にズンバを教えるところがどれぐらいあるのかを調べてみたところ、いくつかのフィットネスクラブに「ズンバコース」があったものの、ダンス教室で教えている気配はない。つまりズンバはダンスというより、むしろエアロビクスのダンス版というか、ダンススタイルのエクササイズであるらしい。

ネット上には動画もたくさん紹介されていた。試しに一つ、初心者向けの映像を流してみると、明るいラテン系の音楽に合わせて、レギンスとノースリーブシャツ姿の女の人三人が楽しそうに大らかに身体を動かしている様子が出てきた。しばらく見るうちに、一定のステップが繰り返されていることがわかった。それも、さほど複雑ではなさそうだ。ちょっと練習すれば、真似程度のことはできそうである。と、そういう気にさせるのが、勧誘動画の優れたところであると承知しつつも、簡単に乗せられた。

最初はベッドに横たわった格好でスマホの動画を眺めていたので、肩を上下させて音楽に合わせるぐらいだったが、だんだん気分が盛り上がり、手振りを加えてみる。左右の腕を交互に上げたり下げたり、上で手を叩いたり、肩を回して肘を前に突き出したり。それらの繰り返し。それだけでも案外な運動量。息が上がってきた。調子に乗った私はいつしかベッドから這い出して、スマホをそこらへんに置いて直立する。立った姿勢で右手を上げて、左手を上げて、同時に前後左右に足でステップを踏み……、と、それほど上手にはいかないが、でも踊っている実感は湧いてくる。音楽はラテン独特の軽快さを保っているが、テンポはさほど速くない。少し速めの「どんぐりころころ」を口ずさんでも合うぐらいの調子である。さあ、右手を上げて、左手上げて、ステップ踏んで、ズンバ、ズンバ、ズンバ、ズンバ、ズンバ！

三分ほどやっただけで汗ばんできた。おお、これはいい運動になりそうだ。やったことはないけれど、エアロビクスよりずっと楽しそうな気がする。それほどにラテンの音楽は人の心を明るくさせるのだ。

常々、若い頃に戻りたいと思うことはほとんどないけれど、ダンスに関しては今の若い人や子供たちが羨ましい。私の子供の頃は、学校で踊るといえば、盆踊りかフォークダンスぐらいしかなかった。ところが今や、授業の中にダンスが組み込まれているという。

「数学の次はダンスだぞ」

そんな時間割になっていたらどれほど楽しかっただろう。上手に踊ろうとする以前に、恥ずかしいなどと躊躇する間もなく、自然に身も心も音楽に埋没させてみたい。小さい頃からそんな習慣をつけておけば、大人になって街中に出て、音楽を耳にしたとたん、見知らぬ者同士で同じようなステップを合わせながらさりげなく踊り出す。そんな時代になったらいいのになあ。

そんな私の夢を、ズンバは叶えてくれそうな予感がする。

かつて一時期、仕事の関係でフラメンコを習っていたことがある。それは楽しかった。足で床をタンタンと踏み鳴らすときの快感。男性とまったく身体を接触させないのに溢れ出るセクシー感。スタイルの良し悪しも年齢も関係ない。むしろおばあちゃんが踊るフラメンコの華麗さには胸打たれるほどだ。

「よし、生涯、フラメンコを続けるぞ」

そう決意したような覚えがあるが、結局、続けることができなかった。しかしズンバは違う。フィットネスクラブに習いに行かずとも、なんとなく我流で踊っても許されそうな気がする。あとは音楽だ。ラテン音楽を我が家に鳴り響かせよう。さすればいつでも踊れる。どうかしら？　亭主殿に提案したら、「あんまりうるさくしないでね」と釘を刺された。

痛い通告

歯が痛くなった。下の奥歯である。気のせいだ。そう思うことにした。激痛というほどではない。疲れがたまると一時的に歯痛が起こる、とよく言われるではないか。ポジティブ（これをポジティブというのかどうか怪しいが）に捉えて数日過ごしたが、歯の痛みは治まらない。むしろだんだん増している気がする。

一週間後、とうとう観念し、かかりつけの歯医者さんに足を運んだ。

「まずレントゲンを撮ってみましょう」

レントゲン撮影はあっという間に終わった。画像結果もあっという間に出てきた。私は歯医者さんのリクライニングシートに座った状態で、うしろから光の当てられた画像を見つめ、医師の説明を受けた。

「以前、虫歯の治療をして上からかぶせてあったところです。その内部に虫歯ができたのかと思いましたが、どうも虫歯はないですね」

その言葉を聞いてホッとした。なんだ、やっぱり痛みは精神的なものだったのかしら。

安堵したのも束の間。

「しばらく様子を見て、それでも痛みが引かない場合は、神経が傷んでいると考えられます」

「そうだとしたら、どうするんですか？」

「神経を抜きます。できることなら抜きたくないですが……」

こうしてしばらくの猶予期間を経て、案の定痛みは治まらず、いよいよ覚悟を決める日がやってきた。

「神経を抜くなんて初めてなんで、怖いですよぉ」

治療が開始される前にさりげなく先生に甘え声を発してみた。恐れていることを伝えておけば、優しくしてくれるのではないかと期待したからだ。すると先生、

「初めてじゃないですよ。これで二回目です」

あら、そうだった？　過去のことは忘れるものである。でも忘れているぐらいだから、さほどつらい治療ではなかったのではないか。なんとかポジティブに捉えようとする。

幼い頃から先端恐怖症のきらいがある。高熱を発しているときに見る夢はいつも決まっていた。なぜか鬼をおんぶして、剣山の上を走って逃げている自分の姿が映し出される。怖いよー、痛いよー、と泣き叫び、自分の泣き声に驚いて目を覚ます。

あるいはうつらうつらと熱にうなされているとき、台所からトントントンと、母が包丁で何かを切っている音が聞こえてくる。その包丁の音がどんどん大きくなり、刃先がピカリと光り、そんな想像が膨らんで恐怖した。

成長するにつれ、尖ったものに対する恐れはしだいに薄れていったが、いまだに注射針が肌に刺さる瞬間を注視することはできない。

「ちょっとチクッとしますよー」

血液検査をするとき、看護師さんはいつも優しく声をかけてくださる。チクッとするのか？　どれぐらいチクッとくるんだ？　腕から目をそらし、その瞬間を待っていると、

「はい。終わりました」

なんだ、ぜんぜん痛くなかったぞ。

「お上手ですねえ」

私は晴れ晴れしい顔で看護師さんに礼を言い、止めていた息を大きく吐く。いつもそ

うだ。ぜんぜん痛くない。わかっているくせに、「ちょっとチクッとしますよー」と言われるや、たちまち身体中が硬直する。

子宮の組織検査を受けたことがある。定期検診の数値がちょっと気になる、一度、組織を取って検査をしましょう。そう医師に言い渡されて婦人科へ赴いた。

「下着を脱いで、そこへ座ってください」

付き添いの看護師さんに促されるまま、診察椅子に、やや露わな体勢になって腰を下ろすと、目の前に白いカーテンが引かれる。まもなく、

「では、ちょっと冷たいですが、器具を入れますねえ」

その言葉と同時に、冷たいステンレス製とおぼしき器具がぐいぐい奥へ入っていく。最初は「うわ、冷たい」と驚くが、その冷たさに慣れた頃、突然、

「ぎゃっ！」

思わず声が出るほどの痛みが走った。いったい何事が起こったのか。

「はい、終わりました。お支度してください」

めまいがするほどの痛みの余韻を覚えつつ、体勢を戻して椅子から降りると、私は下着をつけ、ヨロヨロと産婦人科医の前のスツールに座った。するとその先生、かすかに

口角を上げ、

「痛かったでしょう」

私は力なく、答える。

「信じられない痛さでした」

「失神する人もたまにいるんです」

失神⁉　マジか！

幸い、その苛酷な検査をしたおかげで重篤な病ではなかったことが判明し、めでたしめでたしではあったが、今でもあの瞬間の痛みを思い出すと、クラクラする。そして、痛みは事前予告をされたほうが楽か、それとも、されないほうが楽だろうかと考える。

さて歯医者である。神経は抜いた。麻酔をしていたので治療中は痛くなかったが、麻酔が切れたその夜は、悶絶した。でもここを乗り越えれば痛みからは解放される。そう思ったにもかかわらず、次の診療日、再び「キーーーーーーン」という不気味な音のする細いドリルを歯の奥深くに突っ込まれた。治療は完了していなかったのだ。

「痛かったら、手を上げてくださいね」

先生から明るく声をかけられる。ということは、痛い可能性があるということか。

「キーーーーーーン」という音を聞きながら、私は身構える。

戦地で怪我をして麻酔なしで手術をした人のことを思え。難産に苦しんでいるお母さんの気持になってみろ。私よりはるかに痛い思いをしている人は、世の中にごまんといるのだ！　自分を叱りつけてみる。

でもやっぱり、痛いものは痛い。事前通告があるなしにかかわらず。

揺れる古稀

男性ゴルファーの多くが、申し合わせたかのように「七十歳を超えるとたちまち飛距離が縮む」とおっしゃる。

「昔はあの松の先まで軽く飛ばすことができたけれど、すっかり飛ばなくなった」

「あの池は二打目で軽々越えたのに、七十を過ぎたら、三打目でやっと越えられるぐらいだよ」

哀愁に満ちたその声を聞くたびに、へえ、そういうものかとまったくもって他人事として聞き流していたが、気づいてみれば私も古稀。そこで私は決意した。老後の目標の一つとして、「七十歳を超えて飛距離が伸びたね！」と言われるようになろう！

しかし、実際にその目標を実現できるかどうかは怪しい。というか、よくわからない。その日の調子や天候にも左右される。ゴルフ場それぞれの難易度も異なる。季節によって芝の具合が違ううえ、下り坂でコロコロ転がってくれると一気に距離は伸びた気がするが、これを実力と言ってよいものか。一緒に回ったメンバーの、「アガワさん、飛んでますよ！」というお世辞のおかげで飛んだ気がするときもあれば、「前に比べて飛ばなくなったねえ」とグサリと言われて落ち込むこともある。距離を測る計器がある（私は持っていないけれどね）とはいえ、それも当てになるのかならぬのか。コンスタントに自分がどれぐらい飛ばせるかは、案外わからないのである。まして飛ばない理由が歳のせいかどうかを判断するのははなはだ難しい。

歳を取ったことをはっきり自覚するのは、いったいどういうときだろう。

たとえば睡眠。若い頃は「すぐ寝るアガワ」で名を馳せていた。女友達と二人で地方の旅館に泊まり床を並べたとき、部屋の電気を消し、互いに天井を見つめながら語り合った。たわいもない話をするうちに、友達が失恋話を始めた……らしい。語り始めたことは覚えているが、どうやら私は途中で夢の世界へ突入したようだ。朝、目覚めると、隣の友が問いかけてきた。

「よく眠れた？」

「うーん、どうかなあ」

「いいえ、たっぷり寝ていらっしゃいました！　私が真剣に恋の話をしていたのに、スウスウ寝息立ててたもん。今後いっさい、あなたに恋の話はいたしません！」

以来、数十年の付き合いになるダンフミは、私に恋愛の悩みを打ち明けてきたことがない。

それほどに寝つきのいい私であった。寝ているところを電話でたたき起こされたとしても、そのあと睡眠のリズムを崩される心配もいっさいなかった。

ところが最近は、どうも寝つきが悪い。ことにゴルフの前夜や、早朝の新幹線に乗らなければならないときなどは、期待と不安が入り混じり、なかなか眠りにつくことができない。そろそろ朝かと思って時計を見ると、まだ二時、そして三時、四時。一時間刻みで覚醒してしまう。あるいは夜中に一度は尿意に目を覚ます。

これが歳を取ったということか。

とはいえ、睡眠時間自体は決して少なくない。だいたい夜の十二時前に床について、朝早く出かける用事がないかぎり八時までは寝ているのが常である。同世代の友達が、

「最近、朝早くに目が覚めるようになって、歳取ったのかしらって思うわよ」

そう話しているのを聞くたびに、「まだ私は若いのか？」と秘かにほくそ笑むのであ

る。

最も如実に歳を思い知らされるのは、昔の写真を見た瞬間かもしれない。

気楽に撮影してきた写真がスマホに保存されている。この二十年あまりでその数は数千枚ほどにたまった。

「昔、千葉で一緒にゴルフしたのって、何年前だっけ？　たしか写真撮ったよね」

そう言いながらスマホをクリクリ検索していくと、ああ、出てきた出てきた。

「わっかーい、あたし」

「やだ、髪の毛もふさふさー」

友と顔を寄せ合いスマホを覗き、懐かしみつつ、がっかりする。ちなみに人は自分の顔しか見ないものだ。隣の人が目をつむっていようが、よそを向いていようが、自分の顔の写りさえよければ、「うん、よく撮れてる」と満足し、どれほど他人に「いい写真ねえ」と言われても、自分の顔が気に入らないと、決して満足できないのである。

そう、最近、過去の写真を見るたびに落胆する。ほんの数年前だというのに、私って、まだこんなにピチピチしていたのね。首のあたりが今ほどクシャクシャじゃない。手の甲がシワシワになっていない。そんな現実を突きつけられるとたちまち老化を実感するのである。そして数年後、たっぷり落胆した頃に撮った写真を見返して、「あの頃は今よりだいぶマシだった」と、さらに落胆の度合いは増すことになる。

落胆するのは、常に自分の輝いていた過去を基準に見てしまうせいだろう。だから今の衰えを情けなく思うのだ。でも、他人はそんなに自分以外の人間の老化を気にしちゃいない。

「ぜーんぜん問題ないですよぉ」

「七十歳にはとても思えない！」

そんな言葉で慰めてくれる。

ところが先日、一緒に食事をした男友達から世にも優しい声で語りかけられた。

「アガワ、つらくない？」

「なにが？」

「まぶた。そんなに落ちちゃって。その目じゃ見づらいと思うよ。手術したほうがいい」

愕然とした。「別につらくなんかないわよ」と笑い飛ばして店を出て、家に帰って鏡に向かう。そんなに私、醜い目をしているのだろうか。子供の頃は「つぶらな大きな瞳」を売りにしていた私である。今やあの頃の瞳の半分ぐらいに縮小した。試しに指で垂れたまぶたを押し上げてみる。このままホチキスで留めてやろうか。

こういうとき、女は最新医療に身を委ねたくなるのだろう。やりませんけどね、今のところは。

あとがき

本書は『婦人公論』誌にて、二〇二一年夏から二〇二四年夏にかけて連載したエッセイ四十二編をまとめたものである。

新型コロナの脅威は依然として続いていたが、手指消毒とマスクの欠かせぬ日々を過ごしつつ、恐る恐るながら街も人も少しずつ動き出した頃である。とはいえ、他人様よりだいぶ遅れて二〇二三年三月半ばに私もコロナに感染したことは、本書に記したとおり。油断大敵だと改めて思ったことを思い出す。

このたび一冊にまとめるにあたって一編一編を読み返して気がついた。三年に及ぶコロナの社会的身体的、そして精神的損失はたしかに甚大ではあったが、いいことがなかったわけでもない。蟄居（ちっきょ）生活を余儀なくされたおかげで、日常の小さな喜びを見つける癖がついた。

バルコニーの植物を愛でたり、富士山の雄姿に向かって手を振ったり、月の居所を探したり、爪にマニキュアを塗って喜んだり、髪の毛をカットし過ぎて慌てたり。三度三度の献立に苦慮する毎日にはなったが、ズンバを始めとして家の中で身体を動かす習慣が身についた（ついてもいないか）。

もともと些細なことに関心を寄せる癖がある。世の中の一大事について友達と討論するよりも、膝カックンを誰にしかけてやろうかと企んでいるときのほうが心躍る。身の丈（たけ）に合っている気がするのだ。

コロナを経験し、ますます自分の思考がそちら方向へ向き始めたことを実感する。もちろんテレビの仕事の際は、政治やさまざまな事件について考えなければいけないし、インタビューをするお相手が、私同様、ちまちましたことでお喜びになるとは限らない。真面目な話もするし、知らない世界について教えていただいて感動することもたくさんある。

先日は、野鳥（特にシジュウカラ）の言語を研究している鈴木俊貴さんという博士とお会いして、すっかり傾倒してしまった。長い人類の歴史の中で、動物に言語は存在しないと言われていた定説を緻密なフィールドワークと分析の末、見事に覆されたのである。鈴木博士の功績により世界で初めて東京大学に「動物言語学」という学科が創設されたという。今、世界中の生物学者が注目している研究者なのである。

この話をしていると紙面が足りなくなりそうなので場を改めるとして、他者とのこういう出会いによって心が激しく動かされることもあるから、おちおちしてはいられない。

ときどき私より少し上の世代の方が若者に向かって語りかけている姿を見かける。

「若いうちが花よ。歳を取るとね、面白いことは何にもなくなるから」

そんな声を耳にするたび、私は秘かに反論したくなる。そうでもないんじゃないですか？　まだ面白いこと、知らないこと、初めて出合って興奮することは、いくらでもある気がする。高齢者が物知りだというのは単なる思い込みに過ぎない。少なくとも私はろくにモノを知らない。若い頃、勉強を熱心にしなかったツケが回っているせいかもしれない。癇癪持ちの父の圧政の下で自由を謳歌できなかったという意識もある。おかげで今のほうが楽しい。しだいに足腰が弱まり、頭の回転も鈍ってくるだろう。だからこそ毎日を笑って生きていたい。我が青春は、今なり。

本書をまとめるにあたり、助けてくださった方々すべてに感謝します。連載担当の戸谷春菜さん、崎山綾子さん、書籍担当の兼桝綾さん、ありがとうございました。そしていつもお洒落な挿絵で拙い文章を盛り立ててくださるＭＡＲＵＵさんには今回もステキな装画を描いていただきました。心からお礼を申し上げます。

そして読者の皆様へ。人生百年時代はまもなく百二十年時代に到達しそうです。七十歳を過ぎたからとしょぼくれている暇はないのです。この本読んで、外へ繰り出そうぜ！

阿川佐和子

二〇二四年　けっこう温かい晩秋に

本書は『婦人公論』に「見上げれば三日月」のタイトルで連載されたエッセイのうち、２０２１年７月27日号〜２０２４年８月号掲載分の42編を一冊にまとめたものです。

装画　ＭＡＲＵＵ
装幀　永井亜矢子

阿川佐和子（あがわ・さわこ）
一九五三年、東京生まれ。慶應義塾大学文学部西洋史学科卒。エッセイスト、作家。九九年、檀ふみとの往復エッセイ『ああ言えばこう食う』で講談社エッセイ賞、二〇〇〇年、『ウメ子』で坪田譲治文学賞、〇八年、『婚約のあとで』で島清恋愛文学賞を受賞。一二年、『聞く力――心をひらく35のヒント』がミリオンセラーとなった。一四年、菊池寛賞を受賞。最近の著書に、『話す力――心をつかむ44のヒント』『レシピの役には立ちません』など。

老人初心者の青春

二〇二五年一月二五日　初版発行

著者　阿川佐和子
発行者　安部順一
発行所　中央公論新社
〒一〇〇-八一五二
東京都千代田区大手町一-七-一
電話　販売　〇三-五二九九-一七三〇
　　　編集　〇三-五二九九-一七四〇
URL https://www.chuko.co.jp/

DTP　平面惑星
印刷　共同印刷
製本　小泉製本

Published by CHUOKORON-SHINSHA, INC.
Printed in Japan　ISBN978-4-12-005877-6 C0095

定価はカバーに表示してあります。落丁本・乱丁本はお手数ですが小社販売部宛お送り下さい。送料小社負担にてお取り替えいたします。

阿川佐和子の本　＊中公文庫

トゲトゲの気持

襲いくる加齢現象を嘆き、世の不条理に物申し、女友達と笑って泣いて、時には深ーく自己反省。アガワの真実は女の本音。笑いジワ必至の痛快エッセイ。

阿川佐和子の本　＊中公文庫

空耳アワワ

喜喜怒楽楽、ときどき哀。オンナの現実胸に秘め、懲りないアガワが今日も行く！　読めば吹き出す痛快無比の「ごめんあそばせ」エッセイ。

中央公論新社

阿川佐和子の本　＊中公文庫

いい女、ふだんブッ散らかしており

父の葬式、認知症の母の介護、そして還暦過ぎての結婚……。自らにじわじわ迫りくる「小さな老い」を蹴散らして、挑戦し続ける怒濤の日々を綴る。

中央公論新社

阿川佐和子の本　＊中公文庫

ばあさんは15歳

孫娘と頑固ばあさんが昭和にタイムスリップ！　時は一九六三年。東京タワーから始まる二人の冒険の行方は？　愉快爽快、ラストに涙の物語。

中央公論新社